KB058146

대한민국 여성은 힘이 세다

seestarbooks 021

대한민국 여성은 힘이 세다

홍찬선 제11시집

스타북스

'시로 읽는 한국 여성' 시리즈 두 번째인
〈한국여성詩來〉는 '대한민국의 멋진 미래를
만드는 여성들' 이야기입니다

삶은 주체적인 개인이 만들어 가는 살아 있는
유기체입니다. 역사는 하루하루의 삶을 살아가면서 의미
있게 쌓아가는 과정입니다. 멋진 삶과 아름다운 역사가
합해져 밝은 미래를 만들어 갑니다.

벽은 상대적입니다. 벽이라고 여기는 사람에게만 벽일
뿐입니다. 아무리 높은 벽이라도 반드시 넘겠다는 의지를
갖고 끊임없이 넘기 위해 노력하면 벽은 스스로 낮아지지만
낮은 문턱도 깔보는 사람의 발길을 걸어 넘어뜨립니다.

벽은 남성과 여성을 가리지 않습니다. 그래도 아직까지는
여성에게 더 높고 많은 벽이 있는 게 현실입니다. 그렇다고
모든 여성들이 벽 앞에서 좌절하는 것만도 아닙니다.

여성에게 여전히 높기만 한 한계의 장벽을 이겨내고
남성들과 당당히 겨뤄 여성의 존재성을 확인하고 있는 여성
40명이 보여주고 있는 삶을 시로 풀어 보았습니다.

자신에게 주어진 여건을 탓하지 않고 아주 자그마한
가능성의 씨를 붙잡아 멋진 현실로 만들어 역사를 써 가는

분들의 꽉 찬 삶을 찾아보았습니다. 그런 삶에서 적지 않은
가르침을 얻을 수 있었습니다.

〈한국여성詩來〉는 제가 인터넷신문 '여원뉴스'와 함께
연재하고 있는 '시로 읽는 한국 여성'의 두 번째 시리즈로서,
멋진 미래를 개척해 나가는 살아 있는 여성들을 소개하고
있습니다. 2020년에 연재했던 〈한국여성詩史〉는
과거 암울한 시대에 빛을 불러오려 했던 선각자들의
일대기를 시로 소개해 『아름다운 이 나라 역사를 만든
여성들』(스타북스, 2021)로 출간되었습니다.
　독자 여러분들의 많은 관심과 사랑을 부탁드립니다.

　　　　　　　2022년 한티에서 봄을 맞으며
　　　　　　　덕산德山

contents

1장, 뒤틀린 역사와 현실을 바로잡고

2장, 비상하는 새로운 세대를 뒷받침하며

3장. 경륜과 패기를 잇는 사다리가 되어

4장, 대한민국의 새로운 미래를 연다

평설
앞선 여성의 아픈 곳만 골라서 찾아다닌,
구도자를 닮은 〈한국여성詩來〉가 지닌 여성사적 의미

부록

서시

오늘은 어제 귀천한 사람들이
그토록 보고 싶어 하던 내일,
하늘이 우리에게 준 멋진 선물입니다

어제는 이미 지나가 어쩔 수 없지만
오늘은 우리의 의지에 따라 어떤 모습으로라도
만들어 낼 수 있는 무한한 가능성입니다

어제에서 새로운 오늘을 찾고
내일에서 우리가 만들어 갈 오늘을 발견하는 것
그것이 바로 역사를 만드는 멋진 일입니다

오늘 우리가 숨 쉬고 있는 현실은
역사를 만든 많은 사람들이 이루어 낸 것입니다
그들은 앞을 가로막는 벽을 장애물로 여기는 대신
더 크고 넓고 깊은 세계로 나아가는 디딤돌로 삼아
지금까지 없었던 새로움으로 진한 감동을 창조합니다

역사를 만든 여성들은 우리의 스승입니다
배운 것을 돈벌이 수단으로 삼는 지식도적들과
위안부 할머니들을 이용해 돈벌이하는 못된 사람과
대인추상對人秋霜 지기춘풍持己春風하는 소인배와
멸공봉사滅公奉私하는 파렴치한 정치꾼들을

비 오는 날 먼지 나도록 채찍질하는 스승입니다

역사를 만드는 여성들은 우리들의 롤 모델입니다
코로나로 여기저기 꽉 막혀 허물어지는 시대에
바이러스에 지지 않고 사람의 떳떳함을 지키는 것을
자꾸 쪼그라들려는 어깨를 활짝 펴도록 해 주는 힘을
어제보다 오늘이 오늘보다 내일이 더 행복해지는 법을
알려 주고 이끌어 주는 선구자이자 안내인입니다

우리가 해야 할 일을 알려 주는 스승을 찾아갑니다
우리가 가야 할 길을 보여주는 선각자를 뵈러갑니다
우리에게 힘과 용기를 주는 그분들에게
현실의 벽을 뛰어 넘어 멋진 미래를 창조해 나가는
아름다운 가르침을 배웁니다

1장, 뒤틀린 역사와 현실을 바로잡고

동양고전으로 한국정신 되찾는 인문학자

이윤숙

날 때부터는 아니었다
어렸을 때도 어렴풋했다
대학을 졸업하고 난 뒤에도
내가 가야 할 길인지 갸우뚱 했다

지천명知天命은 그래도 일찍 다가왔다
하늘이 정한 것은
사람이 어쩔 수 없었다

그 사람을 운명처럼 만났고
그 사람과 숙명처럼 함께 했다
그 사람을 바로 알리기 쉽지 않았지만
흔들리지는 않았다

사십은 혹하지 않는
우레가 물을 머금어
얽히고설킨 인연의 싹
술 술 술 풀어낼 때였으니…

빛과 그늘, 해와 달,
하늘과 땅의 무늬, 사람과 자연의 모습에서

제 갈 길 저절로 찾아 끊임없이 오고 가는
바로 그 길에서 평생 갈고 닦아야 할
배움의 터와 학문의 이치인 주역을 찾았고
주역으로 하나하나 펼쳐나갔다

천자문을 주역으로 해석하고
논어와 맹자도 주역으로 넓히며
다시 주역의 깊이를 더하려고
시경과 서경과 춘추좌전까지 섭렵한 뒤
대한민국의 나아갈 길 찾기에 나섰다

어느 것 하나 쉽지 않았다
하나의 벽을 넘으면 또 다른 벽이 가로 막고
그 벽을 낮추면 더 높고 단단한 벽이 나타나
이 길이 맞는 것인지에 대한 회의가 싹텄다

그럴 때마다
지혜로운 사람은 흔들리지 않고
어진 사람은 걱정하지 않으며
용기 있는 사람은 두려워하지 않는다는
공자의 말을 새김질하며 마음을 다잡았다

아무리 어렵더라도
지극한 정성은 귀신도 알아
하늘도 감동하게 마련이었다
포항에서 남원에서 세종에서
천 리 길이 멀지 않다며
배움 찾아 사람들이 모여들고

여자라고 한 수 접고 보려는
영남 유림의 높은 벽도 낮춰
예천과 군위 안동에서도
행단杏壇을 차렸다

남이 나를 알아주지 않는다고 투덜대지 말고
내가 다른 사람을 알지 못함을 걱정하라는
가르침대로 올바른 배움을 나누겠다는 열정이

하루는 한 달을 낳고
한 달은 한 해로 이어지고
한 해는 십 년 이십 년으로 쌓이면서
머리로만 터득했던 참된 이치가
가슴으로 내려오고 손과 발로 펴졌다

흔들리지 않고 열매 맺는 꽃이 없고
눈물에 밥 말아 먹은 사람이 많듯
돌아보면 회한이 없었던 건 아니었다

때로는 소주잔을 부딪치며
때로는 산과 바다를 찾아 울분을 쏟아내며
때로는 책을 쓰기 위며 몸무게를 부쩍 늘리며
강산을 두세 번 바꾸는 동안
하나로 꿰뚫는 일이관지一以貫之의 길이 보였다

과거는 훈련이었고
현재는 실습이며
미래는 훈련과 실습으로 체득한 것을
현실로 만들어 가는 과정,

근본이 흔들리는 데
곁가지만 다스려서는 안된다는
대학의 가르침에 따라
21세기 대한의 동량이 될
인재들의 뿌리를 튼튼히 하는 데
오늘도 하루가 토끼꼬리처럼 짧기만 하다

진영논리 벗어나 시비 정의를 지킨 판사

조미연

판사는 서울에 있었다
판사가 서울에 있던 바로 그날부터
그대가 서울의 판사를 보여준 그날부터
벼랑으로 떨어질까, 여기서 끝나고 마는 걸까,
조마조마하던 대한민국이 다시 살아났다

모두가 용기가 없어 눈치만 살필 때
모두가 두려워 말로만 수군수군 거릴 때
모두가 가슴 졸이며 권력에 길들여질 때
그대는 그게 아니라고 행동으로 보였다
그대는 그른 건 그른 것이라고 밝게 밝혔다

오로지 법과 양심에 따라
오로지 편견과 선입견을 이겨내고
오로지 자유민주주의를 지켜내기 위해
올바른 판단으로 사법정의를 지켰다
내 편 네 편으로 갈린 망국적 진영논리를 극복했다

옳고 그름을 가리지 않고
무조건 시키는 대로 따르는 맹종과
상대의 존재 자체를 깡그리 무시하고

쓸어 없애 버리려고 하는 집단이기주의를
이성과 감성으로 나무라고 정의를 반듯이 세웠다

그대가 거센 눈보라 속에서 튼실한 씨 뿌려
그대가 거친 들판에 한 송이 봄꽃으로 피어
그대가 뿌린 씨 그대가 피운 봄꽃을 뒤이어
주춤주춤 망설이던 판사들 본연 모습 되찾고
엉거주춤 뒷줄 대려던 소인배들 정신 차렸다

진실로 그 사람 한 명이 역사를 만들었다
고향과 동기와 활동경력을 모두 극복하고
장관이 총장을 좌지우지하며 전횡하지 않도록
검사의 독립성과 정치적 중립성이 유지되도록
사법이 정치에 휘둘리지 않도록 기준을 정했다

내가 무엇이 되겠다는 생각을 버리는 순간
진정한 판사의 삶이 시작될 것으로 믿는다며
목숨 걸고 재판하는 한기택 판사의 가르침이,
그가 나를 단련하신 뒤에 내가 정금같이 나오리라는
성경 말씀이 몇날 며칠 가슴에 들렸을까

치우침 없이 제대로 판단하면 그에 따라
올바른 결정이 내려질 것이라는 믿음을 갖게 할 수 없어
직업적 양심과 소신에 따라 죄가 되지 않는다는 보고서가
아무런 설명도 없이 삭제됐다는 것을 폭로한 젊은 여 검사*
그의 용기가 부끄럽지 않아야 한다고 여겼을까

직무배제는 해임과 정직 등 중징계 처분과
동일한 효과를 가져 효력 정지할 필요성이
인정되고 직무정지 처분이 검찰 독립성을
보장한 검찰청법 취지를 인지하지 못하고
잊었다고 분명하게 밝혔다

쏟아지는 비판은 판사의 업보로 받았다
탄핵해야 한다는 SNS폭언과 다수의 폭력은
한 차례 쏟아 붓고 지나가는 소나기로 여겼다
비 온 뒤에 땅이 더욱 굳는다는 속담을 믿고
변덕스런 정치보다 꿋꿋한 역사를 더 믿었다

*이정화: 대전지방검찰청 검사.

일제 위안부를 매춘부라고? 램지어를 혼내 주다

석지영

옳은 것은 옳다고
그른 것은 그르다고 밝혀 주는 것이
지식인이 해야 할 역할이다

잘못된 거짓말을 하고 있는데도
돌아올 악플이 무서워 모르는 체 넘어가는 것은
거짓된 불의가 활보하도록 하는 '역사 왜곡의 합의'*,
미필적 가해자에서 벗어나는 게 용기다

일본제국주의가 자행한 반인권적 행위인
위안부가 자발적 계약에 의한 매춘부였다는
망발을 해댄 램지어 하버드대 로스쿨 교수의
엉터리 논문을 진돗개처럼 물고 늘어졌다

정의는 이기게 마련이다
한국 여성의 위안부 계약을 찾지 못했다
앞으로도 찾지 못할 것이라는 답변을 이끌어 냈다
올바른 일에는 반드시 벗이 함께 한다

2800여 명의 전 세계 학자들이 논문 철회에 서명했다
노벨경제학상을 받은 로스와 밀그롬 스탠포드대 교수는

역사적 설명의 온당성은 증거에 기반 해야 하며
간단한 게임이론모델로 뒤집을 수 없다는 성명서를 냈다**

배우는 것은 그른 것을 가려내기 위해 올바른 눈을 갖는 것
안다는 것은 무엇이 잘못된 것인지를 정확히 파악하는 것
석지영 하버드대 로스쿨 교수는
배움과 앎이 무엇인지를 똑바로 보여주었다
아는 게 힘이라는 건 바로 이런 것이었다

비행기가 힘차게 날아올랐다
비전을 갖고
행동을 하니
기적이 일어났다
기적은 어느 날 갑자기 일어난 게 아니었다
40여 년 동안 성장한 올바른 지식인이 있어 가능했다

여섯 살 때 영어 한 마디 하지 못한 채 미국으로
이민 간 소녀는 발레에서 숨 쉴 수 있는
탈출구를 겨우 찾았으나 하고 싶었던
발레리나의 꿈을 꺾어야 했다
부모에 대한 반항은 방황으로 이어졌고,
피아노와 소설읽기로 마음을 잡았다

예일대학교 문학과를 졸업한 뒤 박사가 됐다
스물여섯에 영국 옥스퍼드 대학에서,

하지만 그게 끝이 아니었다
문학을 좋아하고 읽는 것은 즐거웠지만
직접 쓰는 것은 완전히 다른 세계였다
잘 할 수 있는 일, 행복할 수 있는
일을 찾아 문학에서 빠져 나왔다

아~ 이거다! 드디어 찾았다!!
삶에 실용적으로 도움주고 선한 영향 끼치는 것!!!
머뭇거리지 않고 하버드대학교 로스쿨에 들어갔다
스물아홉에 법학박사가 되고 서른일곱에
하버드대 로스쿨 종신교수에 올랐다
아시아계로는 첫 여성 종신교수였다

하고 싶은 일을 하니 좋은 일도 잇따랐다
미국 아시아태평양변호사협회본부가 선정한
40세 미만 최고 변호사 중 한 명으로 뽑혔고
구겐하임 펠로우십과 허버트 제이콥상을 받았다
매사추세츠 로이어스 위클리에서는
최고 여성 법학자로 선정됐다

이 모든 것이 과장된 게 아니라는 것은
램지어를 꼼짝 못하게 한 논문검증에서 드러났다
일부 비뚤어진 양심을 가진 학자들이 만들어 내는
거짓을, 침착하고 냉정하게 문제의 본질을 따져
많은 사람들이 진실을 이해하도록 만들었다

그것은 진짜 지식인이 한 일이었다
증거인멸을 증거보존이라고 억지 부리고
법과 규정과 도덕 어긴 것을 파헤치는 것을
검찰권 남용이라며 잘못된 개혁을 남발하며
거스르는 사람은 내치고 말 잘 듣는 똘마니들을
추켜세우는 사이비 지식인들과 다른 것이었다

그것은 파렴치한에게 내리친 벼락이었다
그것은 아는 게 병인데도 병인지조차 모르는
놈들을 제대로 응징한 것이었다
그것은 내놓고 깔보며 무시한 역사왜곡을
바로잡아 정의를 제대로 세운 것이었다

그는 급하게 생각하지 않는다
그는 열린 마음을 갖고 묵묵히 준비하면서 기회를 기다린다
그는 모든 것을 할 필요도 없고 하기도 힘들다고 한다
그는 역사를 도둑질해 배를 채우는 놈들을 질책한다
그는 사적史賊들에게 서릿발 같은 시비是非의 칼을 내리친다

더 이상 대한민국을 우습게보고 역사를 왜곡하지 말라
더 이상 일제의 비인도적 위안부 범죄를 합리화하지 말라
더 이상 역사 도둑질로 역사의 죄인이 되지 말라고….

*신영복 선생이 〈아우슈비츠의 붉은 장미〉에서 밝힌 "단죄 없는 용서와
책임 없는 사죄는 은폐의 합의"(『더불어 숲』(서울: 중앙M&B출판, 2003,
122쪽)라는 말을 응용했다.

**The soundness of an historical account should be judged based on a review of the evidence, which can never be overruled by som simple game theory model.

연세대 자퇴하고 '새 정치' 보여주는 국회의원
장혜영

늘 껍데기를 벗고 알맹이만 보려고 했다
항상 바깥에서 주어지는 잣대가 아니라
내 스스로 양심에 따라 세운 기준에 따라
부끄럽지 않고 떳떳하게 살고자 했다

네가 어떻게 그럴 수 있느냐는
눈빛과 볼멘소리와 손가락질이
보이고 들리고 느껴질 때마다
연세대를 떠날 때 마음을 생각했다
그 때 했던 다짐을 다시 새겼다

여러분 학교를 사랑하십니까?
아니라면 왜 굳이 여기에 있습니까?
명문대 타이틀로만 사람을 평가하는 게 우스웠으며
살아가는 데 대학졸업장이 꼭 필요한 것 같지 않았고
대학은 상아탑도 지식의 전당도 정의로운 공간도 아니기에*
4년 성적장학금을 받던 신문방송학과를 미련 없이 그만뒀다

대학의 멍에를 벗고 동생을 되찾았다
종교단체가 운영하던 곳이라 믿고 보냈는데
믿는 도끼에 발등이 깨진 것을 깨닫고

인권침해에 대한 재활교사의 양심선언에도
학부모들이 오히려 공론화를 반대하는 것을 보며
17년 동안 떨어져 살았던 동생과 합쳤다

자립할 수 없는 장애인은 없다는 생각을
시설에서 하면 시설로밖에 돌아갈 수 없지만
생각의 시작을 동생의 삶에서 하면 달라질 것이라는
말을 듣고 크게 반성하고 올바른 길을 선택했다

동생과 함께 지내면서 겪은 일들을
영화『어른이 되면』으로 만들었다
영화는 세상을 바꾸는 것이 아니라
보는 사람들의 생각과 의식을 바꾸는 것이라서
한계를 많이 느꼈다, 고심 끝에 정치에 발을 들여놓았다

정치가 쉽지는 않았다
희망한대로 기획재정위원회에 배치돼
경제관료 경제학박사 출신 의원들 틈바구니에서
서민들의 살림살이를 낫게 하는 일에 정성을 쏟아
첫 국감에서 가장 잘한 의원으로 평가받았으나
개인소신으로 뜻하지 않은 오해를 받기도 했다

2020년 7월, 박원순 서울시장 사망 때 조문 가지 않았다
차마 아무 일도 없었다는 듯이 애도할 수 없다
고인이 우리 사회에 남긴 족적이 아무리 크고 의미 있는
것이었다 해도 아직 우리가 알아야 할 것들이 있다며,

상중에 최소한의 예의도 없냐
정의당은 왜 조문을 정쟁화 하나
지금은 애도할 시간이라는 비판이 거셌고
항의성 탈당 선언이 잇따랐지만 흔들리지 않았다

2020년 12월 10일 국회 본회의에서는
공수처법 개정안에 기권표를 던졌다
야당의 비토권을 무력화하는 공수처법 개정안은
민주주의 원칙을 훼손한다는 이유에서였다

반대표를 던지려 했으나 찬성 당론을 존중했다
다행히 민주당이 금태섭 의원을 징계했던 것과 달리
정의당 안에서 비난하는 목소리는 나오지 않았다
포용과 배척이란 그릇의 차이는 컸다

2021년 1월 18일엔 김종철 정의당 대표에게
성추행 당했다는 사실을 공개했다
함께 젠더 폭력 근절을 외쳐왔던 정치적 동지이자
마음 깊이 신뢰하던 당 대표로부터 평등한 인간의
존엄성을 훼손당하는 충격과 고통이 실로 커

어떤 여성이라도 성추행에서 인간의 존엄을 회복하고
일상으로 돌아가며 정의당과 우리를 위하는 길이라고
굳게 믿었기 때문이었다

옳다고 믿는 것을 올곧게 행동으로 옮긴 그를
제대로 알아본 건 나라 안보다 바깥이었다
미국의 『타임』은 2021년 2월, '타임 넥스트 100인'에
장혜영을 포함시켰다. 한국인으로서는 유일했다

'당론이 헌법보다 우위에 있는 정치 현실'에서
당의 배려로 국회의원이 된 초선의원으로서
당의 지지층으로부터 온갖 비판을 받으면서도
헌법가치를 지키려는 '행동하는 양심'이
옳고 그름보다는 내편 네 편이 더 중요한
한국의 불모정치에 참신한 새바람을 불어넣고 있다

*장혜영 의원이 연세대를 그만 둘 때 교정에 붙인 대자보 내용에서.

자유민주주의 지키려 권력과 싸우다
권경애

한 사람의 용기 있는 지식인이
그릇된 패거리 집단이기주의를 파헤치고
가짜 지식 행상꾼들을 혼내 주었다

잘못된 평등과 뒤틀린 공정과
그들만의 정의를 바로잡는
주춧돌이 되고 옳음의 밀알로 싹텄다

용기는 올바른 지식을 행동으로 옮기는 것,
올바른 지식은 양심이 명하는 것에 따르는 일,
참된 지식인은 양심과 올바른 지식과 용기가 있고
가짜 지식인은 지식을 악용하는 비양심이다
비겁이다 철면피다 패가망신 당한다

용기 있는 참된 지식인,
그는 시대의 양심을 버리지 않았다
그동안 옳다고 믿고 함께 행동하던 사람들이
진영논리에 빠져 그른 것을 옳다고 했을 때
그는 과감하게 그들과의 관계를 끊었다

인연만 그만 둔 게 아니었다

그들이 하는 짓거리마다 매서운 칼날을 들이댔다
추미애 법무장관이 윤석열 검찰총장을 직무 배제했을 때,
역사는 오늘을 대한민국 민주주의와 법치주의의
최악의 수치로 기록할 것이라고 직격탄을 날렸다

닉슨의 탄핵 사유가
사법방해였다는 것을 기억하라고*

대통령의 무책임한 발뺌도 꼬집었다
부패가 완전히 판치는 '부패완판'을 막는 길은
대통령을 잘 뽑는 것이라고
고위공직자범죄은폐처를 폐지하겠다는 후보에게
표를 주겠다고, 미리 지쳐서는 안 된다며,

연세대 국문학과에 입학하고서
시대의 아픔을 함께 하기 위해 가리봉동
공장으로 갔던 젊었을 때의 정의를 지키려고,

뒤늦게 대학에 복학해 늦깎이 졸업하고
이를 악물고 사법시험에 합격했다
나 혼자 편하게 살려고 한 것이 아니라

이 땅의 자유민주주의와 인권 실현을 위해
변호사로 참여연대와 민변에 참여했다

참된 지식인으로서 함께 했던 사람들이
조국 전 민정수석의 납득할 수 없는 행태를
옹호하고 나섰을 때 진한 배신감을 느꼈다

그들이 소리 높여 외쳤던 평등한 기회와
공정한 절차와 결과의 정의는 어디로 사라졌는가
그들이 그토록 다짐했던 한 번도 경험하지 않은
나라를 만들겠다는 약속은 거짓이었단 말인가

민주주의와 법치주의가 와해되고
전체주의적 권력이 어떻게 만들어지는가를
눈앞에서 보면서 그대로만 있을 수 없었다

눈 딱 감고 조용히 살고 싶을 때도 있었지만
지식인으로서 법조인으로서 부당한 일에
눈 감는 건 도저히 할 수 없는 일이었다

역사는 때로는 후퇴하는 것처럼 보이지만
결국 전진한다고 믿으며 행동으로 나섰다
20대인 딸에게 부끄럽지 않으려고
살아오면서 지킨 올바른 가치들을 계속 지키려고
『한 번도 경험해보지 못한 나라』를 썼다

배신자라는 소리를 들었지만
배신자는 자신이 아니라 그들이었다
옳고 그름을 가리지 않고
진영논리에 빠진 패거리 정치꾼들을
가려내고 응징하는 것이
그가 새롭게 자각한 시대의 소명이었다

*권 변호사가 2019년 9월 9일, 김오수 당시 법무부 차관과
이성윤 검찰국장이 윤석열 검찰총장을 배제하는 특별수사팀을 만들자고
제안했다는 기사를 보고, 자신의 페이스 북에 쓴 글.

일본군 위안부 배상책임 최초로 인정받은 사업가
김문숙

역사는 사람이 만들지만
모든 사람이 역사를 만드는 건 아니다
잘못된 것을 반드시 바로잡아야 한다는
굳센 믿음을 갖고 몸으로 실천하는 사람,
바로 그 사람만이 역사를 새로 쓴다

김문숙, 바로 그 사람이
일본군 위안부 문제를 역사로 만들었다
피해자는 가려진 곳에서 고통 받고 있는데
그 누구도 존재조차 인정하지 않고 오랜 동안
잊힌 범죄를, 당당히 역사의 심판대에 올려놓았다

부산에서 여성운동의 씨앗을 심었다
물어물어 찾은 할머니들은
짚만 간신히 깔고 흙벽 집에서
사는 게 사는 게 아닌 삶을 살고 있었다

가족으로부터 버림받고 홀몸이 되어
끼니도 해결하지 못한 채
옛 악몽을 들춰내기 꺼려했다

궁하면 통하게 마련이었다
지극한 정성은 하늘도 움직였다
위안부 신고전화를 만들었다
드러나는 게 두려운 할머니들이
하나 둘 셋….
조심스럽게 전화를 했다
부끄러운 게 아니라고
이제는 감추고만 있어서는 안된다고
당당히 밝혀 잘못된 역사를 바로잡아야 한다고
할머니들을 설득했다

위안부 할머니 여섯 분과
근로정신대 할머니 네 분이
용기를 내셨다
일본 정부를 상대로
강제로 위안부를 동원한 것에 대한
사죄와 배상을 요구하는 소송을 제기했다

쉬운 일이 아니었다
부산과 시모노세키^{下關}를
스물세 번이나 오가며

부관釜關재판을 이어갔다

정의는 죽지 않았다
양심은 여전히 숨 쉬고 있었다
1심에서 일본정부의 책임을 인정하고
위안부 피해자 한 사람 당 30만 엔을
배상하라고 판결했다

니들이 아무리 숨겨도
그 눈빛에 죄책감이 다 보인다
사과를 해라
그래야 짐승에서 인간이 된다
지금 기회를 줄게 인간이 되라는
말 창槍이
높고 높은 법원의 벽을 허물었다

하지만 기득권과 파렴치는
쉽게 무너지지 않았다
깬 벽 뒤에는
더 강력한 벽이 있었다
일본 검사는 항고 했고
2심 3심에서 패소했다

역시
뉘우침도 모르고

사과라는 말을 입에 달고 살면서도
진심 담은 사과는 사전에만 나오는
죽은 일본이었다

승리의 기쁨은 잠시였지만
졌다고 진 것이 아니었다
숨기고 뒤틀고 잊으라고 부정했던
위안부 문제가 역사로 부활했고
전 세계가 주목하게 되었다

배정길 박순녀 서귀순 할머니의 용기는
이용수 할머니의 용기로 거듭났다
영어를 배워 미국 하원 인권위원회에서 직접 증언했고
위안부가 강제적 인권유린이라는 결의안을 이끌어냈다

할머니들의 정신적 후유증을 치유하고
자존심을 회복하기 위해서는
일본의 공식적 사과가 반드시 있어야 한다
할머니들이 돌아가시기 전에 이뤄져야 한다는
요구는 아직 이뤄지지 않고 있지만
반드시 실현될 것을 의심하지 않는다

위안부 할머니들을 앞세워
돈벌이 하고도 부끄러워하지도 않는
사람도적, 인적ㅅ賊들과

위안부가 자발적 매춘이었다고
망발해대고 책장사하는
역사도적, 사적史賊들과

맞서 싸운다
힘들게 찾은 역사를
올바른 역사로 만들기 위해
여생의 정기 하나로 모은다

문숙아, 지지 말고 언제까지나 나라 사랑하고
우리나라 지키도록 노력해 주라
일본에는 징용으로 끌려가 죽은
대한 사람들 뼈단지가 많은데
고국 땅에 묻어주지 못해 원망스럽다
뼈단지를 들고 와야 하는데
나라가 아직 힘이 없는 것 같아서….*

*〈90대 김문숙이 20대 김문숙에게〉, 국제신문, 2021년 3월 8일자.

자살하려던 젊은이 살린 장애인 가수

배은주

한 살 때 열병과 함께 찾아온
소아마비 바이러스로 하루하루를
방안에서만 살아야 했던 소녀가 있었습니다

똑바로 앉을 수도 없어 학교에 가는 것은
엄두도 내지 못했지만 조그만 창문을 통해
바깥세상을 보고 책을 읽으며 꿈을 키웠습니다

언젠가는 반드시 저 세상으로 나아가
외로움을 달래던 노래로 아픈 사람들과 함께 하는
가수가 되겠다는 꿈이었습니다

꿈을 현실로 만들기 위해
세 가지 큰 도전을 했습니다
혼자 공부해서 초중고 과정 검정고시에 합격했고
허리부터 다리까지 수술을 받아 이동의 자유를 얻었으며
전자회사에 취업해 자립의 기반을 닦았습니다

사회 속으로 들어가 사회구성원으로
평범하게 살아가는 소박한 꿈을 이루었지만
시련은 끝난 게 아니었습니다

또 다른 꿈, 대학생이 되는 꿈을 위해
근무가 끝난 뒤 입시공부를 하다 밤늦게
운전해 집으로 돌아가는 길에 자동차 사고로
죽음의 문턱까지 갔다가 살아왔지만
힘들게 찾았던 자유를 다시 빼앗겼습니다

모든 것을 포기하려고 했을 때
모든 것을 버리고 헌신적으로 간호해 준
남자친구의 사랑으로 기적이 일어났습니다
나를 시험하기 위해 찾아온
두 번째 고통을 이겨낸 기적에
보답하기 위해 새 도전에 나섰습니다
그 남자와 결혼해 딸 둘을 낳았고,
제1회 KBS장애인가요제에 참가해
은상을 받았습니다

좋아하던 노래를 마음껏 부르는 가수가 되어
무대에 섰을 때 너무 긴장해
마이크가 꺼져 있는 채로 노래 불렀는데
엄청난 실수로 고개도 들지 못했는데
또 한 번의 기적이 일어났습니다

한 젊은이가 그의 손을 덥석 잡으며
다시 살게 해 주어 감사하다고 했습니다
자살하기 전 마지막으로 교회에 나왔다

조금 전 노래를 듣고 희망이 생겼다
앞으로 열심히 살겠다고 결심했다는
말에 단 한 사람을 위해서라도
노래 부르겠다고 다짐했습니다

한국장애인국제예술단을 창단했습니다
나만 노래하면 되는 게 아니라
재능이 있지만 공연기회가 없어 좌절하는
장애인 예술인들과 함께 꿈을 만들기 위해서였습니다

걸을 수 없다면 날아야 하겠지
볼 수 없기에 꿈은 만져야 해
지금껏 너를 둘러싼 어둠을 헤치고
빛으로 나오길 바라
용기를 내, 힘을 내, 바라는 모든 것 이룰 수 있으니
용기를 내, 힘을 내, 바라는 것 보든 것 해낼 수 있으니

스스로 노랫말을 짓고
작곡가들을 찾아다니며 노래를 만들고
음반제작비 지원을 받아 음반을 내
'찾아가는 드림콘서트 희망코리아' 순회공연을 하고,
뜻이 있는 곳에 길이 있어
프랑스 초청으로 파리에서도 공연했습니다

저 하늘 너머에는

우리의 꿈 있지
밤하늘 수많은 별빛들은
너만을 위해
너를 위해서 아름답게 빛나지

배은주는 장애를 진한 사랑으로 승화시켜
세상에 감동과 기쁨을 전하는 사람입니다

배은주는 『네 바퀴의 꿈』에 나오는
모음 숫자만큼 노력하고 자음만큼 슬퍼하며
받침만큼 용기 내어 완성했을 것입니다

배은주는 두 딸에게 자랑스러운 엄마가 되기 위해
장애인 예술가들의 꿈을 이뤄주기 위해
오늘도 희망과 사랑으로 삶과 세상을 아름답게 합니다

아동심리 치료로 '국민 육아 대통령' 되다

오은영

엄마가 갓 난 동생을 안고 다가오면
무섭다며 나가라고 소리치는 금쪽이

아토피를 잠재우려 연고를 바르려는
엄마가 자기를 죽이려 했다고 생떼 쓰며
119를 불러 병원 가자고 난리치는 금쪽이

그런 금쪽이를 바라보는 엄마와 아빠의
가슴이 먹먹하고 눈이 촉촉해진다
아무리 어르고 달래며 이해시키려 해도
금쪽이는 어느새 엄마에게 침까지 뱉는다

정말 금쪽이는 왜 이러는 걸까
정말 금쪽이의 생난리증은 고칠 수 있는 걸까
지켜보는 사람들과 엄마 아빠가
어쩔 줄 모르고 눈물만 흘릴 때

국민 육아 대통령, 오은영 박사는
두 눈을 크게 뜨고 금쪽이의 행동을
면밀하게 관찰하며 생각날 때마다 메모한다

아는 게 힘이고
전문가란 이런 것이라는 걸
끄덕이게 하는 데는 얼마 걸리지 않았다

금쪽이는 사회성이 조금 늦게 발달해
하고 싶은 말을 일상생활에서 쓰이는
화용언어로 표현하지 못함으로써
의사소통을 제대로 할 수 없기 때문에
생떼 부리기로 문제를 해결하려고 한다

금쪽이가 불안해하는 상황을
엄마와 아빠가 만화나 영상으로 만들어
같이 보면서 익숙해지면 좋아질 것이다

결과는 성공이었다
아이들의 내면에 기적을 만드는 힘이 있다는
사실을 다시 한 번 더 확인했고
그런 아이들이 기적을 만들도록 참고 지켜보며
도와주는 부모의 위대한 힘에 감동했다

문제 아이는 없고 양육이 문제라는 게
해결방법이 없을 것 같은 육아고통에
오은영 박사가 귀신같은 처방을 내리는
비결 아닌 비결이다

부모의 눈과 머리와 가슴이 아니라
아이의 눈과 머리와 가슴으로 보고
생각하고 느껴 아이가 원하는 것을
정확하게 제시하는 것,

32주 팔삭둥이로 태어나
자주 울며 음식을 가려 먹고
말대꾸 해대며 까다롭게 컸던
어린 시절의 기억 덕분일까

어렸을 적 주위에서 왜 쟤는
저렇게 빌빌 거리냐고 물을 때마다
아버지가 팔삭둥이인데 엄청 잘 달려요
세 살 때 한글도 뗐는 걸요라고 했던
맞대응이 고마워서일까

중학교 1학년 사춘기 시절
아버지가 암 수술 받으러 가면서
통장 여러 개를 내밀었을 때
아버지가 암을 이겨내고 건강을 되찾으면
의사가 돼서 힘들고 아프고 마음이 가난한
사람들을 위해 살겠다고 정성껏 기도한 게
받아들여진 것에 대한 보답일까

오은영 박사는 빠듯한 시간을 쪼개고 쪼개

방송에 출연해서 육아에 어려움을 겪고 있는
부모들에게 피가 되고 살이 되는 조언을 해 준다
상담료가 터무니없이 비싸다는 비판을 무릅쓰고
상담 및 치료센터를 열어 직접 문제해결에 나선다

외아들이 고등학교에 들어가 철들었을 때
"내 옆에 있어야 할 내 엄마가 왜 저 집에 가 있지"라는
생각이 들어 "우리 아이가 달라졌어요"를 보지 않았다고
말했을 때 엄마를 많이 필요했겠구나 하면서도

초등학교 저학년 생활기록부에
"장애 학생을 잘 도와줘요"라고 쓰여 있어
"어떻게 친구를 도와줄 생각을 했어"라고 물으니
"엄마가 그런 아이들을 치료해 주는 사람이니
나도 그래야 되지 않겠어"라며 머리 긁적였을 때

2008년에 담낭 종양과 대장암으로
3개월 시한부 선고를 받았지만
다행스럽게 수술한 뒤 완치 받았을 때

9년 연애하다 결혼한 지 5년 만에
첫아이를 낳고 일을 하다 보니
둘째 낳는 때를 놓쳐 셋째까지 낳을 걸 하고
후회하니 "내가 한명 낳아 안겨드리겠다"고
아들이 위로하며 말했을 때

이 길에 들어서길 정말 잘 했구나
내 몸이 좀 힘들어도 더 많은 부모와
아이들의 어린 시절 성장통을 줄여 줘야겠구나
태어났을 때와 암 걸렸을 때
나를 살게 한 뜻이 바로 이것이구나
다시 이 땅에 와도 이 길을 가야겠구나
하고 눈물 미소로 다짐한다

'해밀학교' 세워 다문화 사랑 실천하다

인순이

남과 다른 외모가 멍에였다
친구들이 자꾸 놀려 어렸을 때부터
사람 앞에 나서는 것이 가장 두려웠다
결혼도 아이 낳는 것도 생각하지 않았다
내가 겪은 이 고통을 또 겪게 할 수 없었기에

살아야 하는 절박함은 두려움을 뚫고
많은 사람들 앞에서 노래를 부르게 했다
갓난아이 시절에 훌쩍 떠나
얼굴도 모르는 아버지를 잊고
홀로 된 엄마와 함께 살아야 했기에

희자매 멤버로 참여해
바니걸스 숙자매와 함께
걸 그룹 트로이카 시대를 열었으나
"너는 지는 해 그 애는 뜨는 해"라는 독설로
길고 긴 슬럼프를 겪었다

사랑은 질긴 운명보다 강했다
우연하게 찾아와 필연으로 맺었다
딸을 미국에 가서 원정 출산했다

혼혈이라는 이유 같지 않은 이유로 받았던
차별을 받지 않고 살게 하고 싶어서,
원정출산을 마음껏 욕해 달라고 떳떳하게 밝혔다,

나이 마흔에 그동안 불렀던 트로트를 넘어
소울이라는 새 장르에 도전했다, 강한 정신력으로
'밤이면 밤마다'를 사랑했던 세대뿐만 아니라
2030 젊은이들에게도 가깝게 다가갔다

노력은 배신하지 않는다는 믿음을
단 하나뿐인 딸도 자연스럽게 이어받았다
서른여덟에 늦게 낳은 딸, 세인이!
네 살 아래 남편을 만나
천사처럼 다가온 보물1호 딸이
벗이었고 의미였고 행복이었다

한 번에 뻥 뜬 가수가 아니니까
크고 작은 실패들의 시간이 만든 성공을 보고
사춘기와 갱년기의 살얼음판을 거치면서
껍데기만 화려한 삶은 살지 말자는
좌우명으로 만들어 살았다

딸을 스승 삼아 아버지도 용서했다
철부지 어렸을 때
벗으려 해도 벗기 버거웠던 멍에를 씌운
아버지를, 뉴욕 카네기홀에서
놓아드리고 평생 지고 살았던
멍에를 벗어 털어냈다

당신들은 모두 내 아버지입니다
6.25전쟁 때 저처럼 한국에 자식을 남겨 놓고
잠 못 들어 하시는 분들은 이제
마음을 내려놓으십시오
대한민국은 이제 잘 살게 됐고
저 또한 어려운 환경이었지만 이렇게 컸습니다

가수로서 삶을 끝낼 수는 없었다
그가 살아가는 힘의 원동력은 끊임없는 도전,
새로운 일을 다시 찾았다

많은 사람으로부터 받은 사랑을
어려운 아이들에게 돌려주기 위해
대안중학교 해밀학교를 세웠다

다문화 고등학생 졸업률이
28%밖에 안 된다는 말을 듣고
정체성 혼란을 겪는 아이들의 상처를

자신이 감수해야 했던 아픔을 보듬어 주려고

쉰아홉 살에는 보디 빌딩도 했다
그냥 취미 삼아 건강을 위해서 뿐만 아니라
나바 코리아에 참가해 퍼포먼스에서 2등을 차지했다

해 보는 게 낫지! 왜 안 해?
가수가 된 지 43년이나 된
예순넷 인순이는
나이는 숫자에 불과하고
인생은 끝없는 도전이라는
깊고 넓은 진리를 잔잔하게 일깨우며
그만의 역사를 만들고 있다

버림의 미학을 실천하는 포퓰리즘 파이터

윤희숙

버려야 얻고
죽어야 산다

잃지 않으려고 아등바등하면
얻는 것은 고사하고 가진 것도 모두 빼앗기며
죽지 않으려고 발버둥치면
오히려 죽음의 구렁텅이로 빨려 들어가는
버림의 미학을 보여주고
죽음에서 삶으로 뛰어오르는 역설을 실천한다

눈처럼 새하얀 사람은 없지만
적어도 부끄러움을 아는 사람이
정치를 해야 하지 않겠느냐며
힘들게 얻은 국회의원 자리를
스스로 깨끗하게 버렸다

정치판에 정치는 없고
권력유지를 위한 정치기술만 있을 뿐이며
앙상한 이념으로 국민의 삶을 망치는
탈레반에게서 권력을 되찾아오겠다고
20대 대통령 선거에 출마하겠다던
포부도 50여일 만에 접었다

부친이 아무런 연고도 없는
세종시에 논 3000평을 산 것이
농지법 위반이라는
국민권익위원회의 조사결과가 나오자
머뭇거리지도 우물쭈물하지도 않았다

버림이 이번이 처음은 아니었다
국회의원이 되고 나서
세종에 있던 집을 팔았다
홍릉에 있던 KDI가 세종으로 이전한 뒤
정부 방침대로 세종에서 아파트를 분양받았지만
다주택자를 삐딱하게 보는 오해를 막기 위해서

말만 번지르르하게 하면서도
이런저런 핑계를 끌어대면서 끝까지
팔지 않고 버티다 망신당하면서도
조금도 부끄러워하지 않는
위선자들을 채찍질하기 위해서

5년 전에는 최저임금위원회 공익위원을
사상 처음으로 스스로 그만두었다
경제논리로 풀어야 할 최저임금 결정이

정치논리에 좌우되는 것을 바로잡기 위해서

잘못된 것은 말싸움이 아니라
올바른 근거를 바르게 찾아서
상대가 억지로 뒤틀어 놓은 것을
많은 사람들이 공감할 수 있도록 바로 잡았다

2020년 7월 30일, 국회본회의에서
"저는 임차인입니다"라는 짧은 5분 연설로
거북에게 물어 보지도 않은 채*
임차인들을 위한다며 휘두른 다수의 폭력이
몰고 올 후폭풍을 조목조목 따져
넓고 깊은 공감을 이끌어냈다

이재명 경기도 지사가
노벨경제학상을 받은 배너지와 듀플로의 말을 인용해
기본소득을 지급하는 게 맞다고 주장하자
가난한 나라는 보편적 기본소득이 유용할 수 있으나
선진국은 일자리를 만들고 지키는 것이 중요한데
기본소득으로는 일자리 문제를 해결할 수 없다는
배너지-듀플로 저서를 꼭 집어 바로잡았다

대선출마의 뜻을 접고
국회의원 직마저 스스로 버렸지만
새로운 정치의 꿈은 끝난 게 아니다

진흙탕 싸움으로 땅바닥까지 떨어진
정치에 도덕의 옷을 말끔히 입힌
맑은 양심이
시대의 탁류에 문득 휩쓸렸으되

썩은 연못에서 아름답게 피는
연꽃으로 돌아와
잘못된 정치에 고통 받고 절망하는
우리에게 희망을 줄 것이다

죽어야 살고
버려야 얻는다는 진리를
함께 즐거워할 것이다

*미국의 여성운동가인 글로리아 스타이넘은 대학 1학년 지질학 시간에
계곡으로 현지답사 갔을 때 아스팔트를 힘겹게 기어가는 거북을 보고,
고생하는 것이 불쌍해 30cm 되는 거북을 번쩍 들어 강물에 밀어 넣었다.
이를 본 인솔교수가 깜짝 놀라 "알을 낳으려고 뭍에 올라왔는데
물에 밀어 넣었으니 몇 달을 더 기다려야 알을 낳겠군…"이라고 말했다.
스타이넘은 그 뒤부터 늘 "거북에게 물어 보라"는 말을 되뇌고 있다고 한다.
홍찬선, 〈밤비 신드롬과 임대차3법의 역효과〉, 『20대 대통령을 위한
경제학』(서울, 공감의 힘, 2021), 272쪽.

2장, 비상하는 새로운 세대를 뒷받침하며

한국 배우로 첫 아카데미 여우조연상 받다
윤여정

역사는 벽돌로 집짓기다
튼튼한 기초를 다진 뒤
정성스럽게 마련한 벽돌을
하나하나 열성을 다해 쌓아
멋지고 튼튼한 집이 만들어진다

아무리 급해도 단계를 뛰어넘을 수 없다
우물에서 숭늉을 마실 수 없고
바늘허리에 실 매어 바느질할 수 없듯
벽돌 하나 빠뜨리면 집을 짓지 못하고
벽돌 하나 잘못되면 애써 쌓은 집이 무너진다

55년 동안 힘들여 쌓은
공든 탑이 화려하게 낙성식을 했다
살기 위해서
살아가기 위해서
목숨 걸고 한 연기가 아카데미에서 통했다

전형적인 엄마나 판에 박은 할머니,
그런 거 말고 조금 다르게 하겠다는 의지가
대한민국 102년 영화역사에서 처음으로

오스카 여우조연상을 거머쥐게 만들었다

아메리칸 드림을 안고 미국으로 이민 갔지만
좀처럼 꿈을 이루지 못하고 어려운 삶을 사는
딸과 사위를 위해 어린 손녀 손자 돌보러
미국에 간 순자의 여행보따리는 한국향기가 가득했다

한약 고춧가루 마른멸치 화투장, 미나리 씨앗….
엄마의 투박한 사투리와 함께 날아온 고향 내음이
낯선 땅에서 살다 지쳐 수없이 부부싸움 하는
딸 모니카의 눈물샘을 깊게 찔렀다

미나리는 생명이었다
무 당근 토마토 옥수수를 잡아먹는
극심한 가뭄에도 마르지 않고 억세게 사는
미나리처럼 구수한 삶의 말로 하루하루
살얼음판 걷는 딸 가족에게 살아갈 힘을 주었다

미나리는 어디서든 잘 자란다는
그 말 한 마디가 심장병을 앓고 있는
데이빗에게 꿈과 힘과 노래를 주었다

미나리는 어디서든 잘 자란다는
그 말 한마디가 피와 땀과 한을 쏟은
채소들이 불길 속에서 한줌 재가 된 뒤
제이콥에게 다시 일어설 희망을 주었다

배우는 목숨 걸고 해야 한다는 신념
훌륭한 남편 두고 천천히 놀면서, 그래
이 역할은 내가 해 주지 하는 마음으로는
안된다, 배우가 편하면 보는 사람이 불편하고
한 신 한 신 떨림이 없는 연기는 죽은 것이라는
필사즉생必死則生의 연기가 밋밋해질 수 있는
『미나리』에 파릇파릇한 생명 불어넣었다

뭇 사람들의 박수를 받는 영예는
그저 저절로 온 게 아니었다
이 세상에 공짜 점심은 없다는 격언은
윤여정에게도 그대로 적용되는 진리였다

1966년 TBC 3기 탤런트로 연기생활을 시작해
배우가 되기 위해 한양대 국문과를 스스로 그만뒀다
남의 눈에 띄는 일을 하면 엄마가 자랑스러워할 것이고
서울대 나온 이순재 이낙훈이 탤런트 생활을 할 정도로
새로 떠오르는 직업이라는 생각에 용기를 냈다

3년 뒤 MBC로 옮기고 2년 뒤에 드라마 〈장희빈〉에서

주연을 맡아 대박을 터뜨렸다 길을 걷다 보면 사람들이
저기 장희빈 나쁜 년 간다고 욕 해댈 정도였다
1971년 첫 영화『화녀』에서 주인집 남자를 유혹하는
가정부로 출연해 대종상과 청룡영화상 여우주연상을
한꺼번에 받았다 천재 여배우의 화려한 등장이었다

잘 나가던 윤여정은 곧 은막을 떠났다
조영남과 결혼하고 미국으로 건너가서 산
12년 동안 쌀독에 쌀이 떨어질 때가 많았을 정도로
어렵게 살다 돌아온 뒤 연기에 본격적으로 뛰어들었다

『에미』에서 인신매매단에 끌려갔던 딸이
정신적 충격을 이기지 못하고 자살하자
범인들을 하나씩 처단하는 살기 시퍼런 엄마,
『내 마음이 들리니』에서 치매 걸린 할머니,
『죽여주는 여자』의 공원에서 성매매하는 할머니,

와인 없이는 밥 한 숟갈도 먹지 못할 정도로
정신적 고통과 싸우며 연기에 몰두했고
윤여정이 아니면 그 누구도 해내지 못했을 연기
어떤 인문학 강의보다도 깊고 통찰력 있는 영화
작은 표정과 몸짓 하나하나가 영원히 기억될 영화라는
평가와 함께 몬트리올 영화제 등에서 상을 휩쓸었다

관록은 말로만 전하는 전설이 아니다

꿈은 잠잘 때만 잠깐 왔다가 사라지는 구름이 아니다
꿈은 관록이 성실한 노력과 어우러질 때 현실이 됐다
일흔넷의 윤여정이 또 하나의 커다란 역사를 썼다

예순 넘어선 좋아하는 사람이랑 일하겠다는
사치를 부리며 살겠다는 꿈도 현실이 됐고
사람이 여유가 없을 땐 원망하지만
여유가 생기면 감사하게 되는 것처럼
지나온 모든 것에 감사하는 종심소욕從心所欲은 보너스였다

두 아들이 일하러 나가라고 한 잔소리에
열심히 했더니 아카데미 여우조연상을 받았다
어떻게 글렌 클로즈 같은 대 배우와 경쟁하겠나
그저 운이 좋았던 덕분이었다
콧대 높은 영국인에게 영국아카데미 여우조연상을
받아 기쁘고 감사하다는 소감은
아직도 배고프다는 여유였다

월광지공月光之功으로 독일 무형문화재 되다

강수진

변신은 고통이었다
지금까지 쌓아온 것을 스스로 버리고
편안한 것을 굳이 허물고 새로운 것에
도전하는 것은 무모한 일이었으나
아픔 없이 큰 행복은 없었을지 모를 일이었다

어렸을 때부터 몸에 익었던 한국춤을
중학교 1학년 때 발레로 바꾼 것은 행운이었다
정말 힘들었지만 발레에 적합한 체형이고
표현력이 풍부하다는 선생님 격려로 이겨냈다

스스로 좋아하는 것을 이루고자 할 때
그것에 집중하면 어마어마한 힘이 나온다
하고자 하는 마음으로 스스로를 밀어 올렸다
굳센 의지는 우연을 필연으로 만들어 냈다

고등학교 때 하늘의 명이 찾아왔다
베소브라소바 모나코 왕립발레학교 교장을 만나
영어와 불어를 한 마디 못한 채 모나코로 유학을 떠났다
머릿속을 꽉 채운 발레 생각이 두려움을 저만치 밀어냈다

하늘과 땅은 어질지 않았다
아는 사람 하나 없는 곳에서 어린 나이에
혼자 지내는 것은 큰 시련이었다
나 혼자만 모자란다는 자괴감에 시달리고
향수병에 빠져 발레를 그만두려고도 했다

그래도 믿을 건 사람이었다
베소브라소바 스승이 엄마가 되어
포근히 안고 눈물을 닦아 주었다

오로지 실력만이 살 길이었다
모두 잠든 밤
캄캄한 연습실 한쪽에서
은은한 달빛만을 벗 삼아
하루 두세 시간만 잤다

월광지공月光之功,
피눈물 나는 연습으로
높게만 여겨지던 벽을 하나 넘었다
독일 슈트트가르트발레단 오디션 합격,
열아홉 살 때였다

그것은 새로운 도전이었다
뛴다 난다 하는 발레리나 사이에서
살아남는 길은 오로지 연습, 연습뿐이었다

하루에 토슈즈를 서너 컬레씩 사면서
오로지 땀과 몸만을 믿었다

이천팔백여 해가 떴다가 지고
팔 년이란 긴 세월이 흐른 뒤에야
솔리스트로 선발될 수 있었다
수석발레리나가 되어 줄리엣이 되고
타니아나 지젤 에스메릴다 마르그리트로
화려한 변신에 성공했다

하늘은 끝까지 문을 쉽게 열어 주지 않았다
종아리뼈에 금이 가서 1년 동안 발레를 쉬었다
삶이 무너지는 듯한 고통 속에서
긴 머리를 짧게 잘랐다
무대로 달려가고 싶은 충동을 다스리려고

서른 셋,
남들이 그만 둘 나이에
여주인공으로 화려하게 복귀해
무용계 아카데미상인 브누아 드 라 당스를
한국인 최초로 받았다

슬럼프가 올 때 눈물은 약이 되었다
청양고추를 넣은 아주 매운 음식은
눈물을 감추기 위한 약이었다

실패한 어제는 어제고
좌절하지 않고 행복한 오늘을 맞았다

고통과 무모가 빛을 발했다
껍질 벗고 새 옷 갈아입을 때
천적에게 잡혀 먹힐 위험이 가장 크지만
헌 옷으로는 새 삶을 살 수 없다는 것
한국춤에서 발레로 바꾸면서 역사로 증명했다

발레로 사랑과 열정을 전달하는 것
인공지능이 대신할 수 없는 일을 하는 것
발레리나는 자기 몸을 조각하는 조각가라는 것
발레는 말이 아니라 몸과 마음으로 표현하는 것
알려주는 발레리나의 전설이 되었다

IMF 절망에 빠진 국민들에게 꿈을 주다

박세리

조금도 머뭇거리지 않았다
운동화에 이어 양말까지 모두 벗었다
햇볕에 구릿빛으로 탄 장딴지와
솜과 눈처럼 하얀 발이 보는 사람들의 눈을
크게 뜨게 하고 저절로 탄성이 쏟아졌다

물에 빠졌을 거라고 생각했던 공이
물웅덩이 턱에 걸려 있는 것을 보고
성큼성큼 물속으로 들어가 볼을 안전하게 쳐냈다
스물한 살의 수줍은 많은 처녀는 없었다
겁 없이 도전하고 싶어 할 때였다

오로지 이 어려움을 이겨내고 끝내 이기리라는 다짐
오로지 이겨서 피눈물 참은 것에 보답 받겠다는 의지
오로지 우승컵 번쩍 들어올려 IMF 위기에 힘들어하는
국민들에게 새 출발할 희망을 줄 생각만이 가득했다

그런 바람이 바람으로 통했다
물웅덩이도 그를 부드럽게 받아 주었다
노련한 세계 상위권 선수들도 우승하기 힘든
US오픈에서 자신보다 더 큰 우승컵을 번쩍 들어올렸다

멀고 먼 미국으로 간 지 2년 만에 이룬 쾌거였다

그것은 새로운 역사의 시작이었다
경제가 거덜 난 나라, 알려지지 않은 나라에서
골프가 무엇인지 잘 모르는 작은 나라에서 온
새내기가 전 세계를 깜짝 놀라게 했다
그게 끝이 아니었다, 그를 보고 꿈을 키운
그의 키즈들이 LPGA를 휩쓸게 한 새 희망이었다

그것은 배달겨레에게 가슴 벅찬 힘을 준
극복하지 못할 어려움은 없다는 것을 알려 준
목표를 정하고 꾸준히 노력하면 꿈은 이뤄진다는 것
맑고 밝게 보여준 살아있는 교육이었다
돈으로 살 수 없는 값진 교훈이었다

그런 엄청난 결과는 거저 뚝 떨어진 게 아니었다
새벽 2시까지 혼자 남아 연습하며 흘린 눈물과
아파트 계단을 수없이 오르내리며 삼킨 땀과
어둑어둑해질 때 공동묘지를 다녀오는 떨림과
생각대로 이뤄지지 않아도 할 수 있다는 자신감이
함께 어우러져 만들어 낸 필연이었다

그의 별명은 '프로 잡는 아마추어'였다
열다섯 살, 중학교 3학년 때인 1992년,
KLPGA '라일앤스코 여자오픈'에 초청받아

원재숙 프로와 연장전을 벌인 끝에 우승했다
열여덟 살, 고등학교 3학년 때인 1995년,
아마추어로 쟁쟁한 프로들을 제치고 4승을 챙겼다

1996년에 프로로 전향하고 미국으로 갔다
가면 고생뿐이라는 모두의 반대를 뿌리치고
더 큰 세계무대에서 더 잘 하는 선수들에게
인정받겠다며, 진정한 프로가 되겠다며…

세상은 마음먹은 것처럼 호락호락하지 않았다
미국에 가서 1년 동안 피눈물 흘린 덕분에
연습학교를 1등으로 통과하고 LPGA에 데뷔했으나
세계의 벽은 높고도 높았다
소리 없이 불쑥 찾아온 슬럼프에도 시달렸다

더욱 더 강한 채찍질로 스스로를 채근했지만
슬럼프는 늪처럼 더욱 수렁으로 끌어들였다
생각을 바꾸었다 슬럼프도 하나의 경험이라고
인정하고 처음부터 다시 시작하겠다고 마음먹으니
진드기처럼 달라붙던 슬럼프가 슬그머니 물러갔다

스스로를 좀 더 아끼고 보살피고 덜 인색하라
맑은 날이 있으면 흐린 날도 있고
오르막이 끝나면 내리막이 있으며
나쁜 경험이란 없으며 딛고 일어서면

모두 좋은 경험으로 바뀐다는 것을 깨달아라

나를 버리니 참된 나가 찾아왔다
매번 상금랭킹 1위를 낚아채는 소렌소탐마저
함께 즐기는 동반자로 여기자 공이 부드러워졌다
최연소 메이저 4승이 보너스로 따라왔다
투어 7년 만에 LPGA 명예의 전당에 들어갔다
흙과 쇠의 기운을 듬뿍 타고난 사주에 맞게*
자신의 명을 운전하며 운명을 이끌었다

영웅도 세월은 어쩔 수 없었다
그래도 영웅은 사라지지 않았다
절망에서 희망을 보내주었던 영웅은
리우데자네리우 올림픽에서 감독으로
우승을 이끌어 감격의 눈물을 선사했다

골프라는 말조차 듣기 힘들었을 때
온 국민이 외환위기에서 벗어나고자 몸부림 칠 때
내가 꾸었던 꿈이 다른 누군가의 꿈이 되어
함께 그 꿈을 이룰 수 있는 발판이 되었다는 게
축복이었고 큰 의미가 있었다
박세리 키즈들이 그 눈물과 기쁨을 함께 즐겼다

*사주명리 전문가인 박명우 선생은 박세리 선수의 일주(日柱)인 무자(戊子)의
무토는 필드를, 월주인 기유(己酉)의 금은 골프채로, 흙과 쇠의 기운이
절묘하게 균형을 이뤄 골프로 대성할 수 있었다고 풀었다.

60여 년 노래로 한국인을 어루만져 준 '3最가수'

이미자

한국 트롯 100년 역사에서
대상은 단연 그의 몫이었다
한국 전통가요가 세계무대로 발돋움하는
한류韓流의 밑바닥에는 그의 목소리가
잔잔하게 흐르고 있었다

노래는 인생이었다
외로운 길, 비를 맞으며
험한 길 걸어온 팔십년 세월
사랑하는 노래, 당신이 있기에
슬픔 기쁨 눈물을 가슴에 묻고
살았고 살고 살아갈 것이다

노래에 아픔을 실었다
일제의 수탈과 탄압이 극에 달했던
두 살 때 아버지가 징용으로 끌려간 고통을,
네 살 때 가난을 이기지 못해 엄마와 떨어져
외할머니 집에서 살아야 했던 외로움을

노래로 고통과 외로움을 견뎠다
힘들 때마다 엄마 아부지가 보고 싶을 때마다,

열일곱 살 때 KBS 노래의 꽃다발에서
열여덟 살 때 HLKZ 예능로타리에서 이름 알리고
열아홉 살 때 '열아홉 순정'으로 가수가 되었다

노래는 가난을 날려 버린 도깨비 방망이었다
헤일 수 없이 수많았던 밤을
그리움에 지쳐서 울다 지쳤던 밤을
35주 동안 1위에 오른 '동백아가씨'가
집 전화 자동차로 한꺼번에 바꿔 주었다

노래는 눈물 맺힌 행복이기도 했다
강릉 공연에서 코흘리개 때 헤어진 어머니를
외할머니 집에 억지로 떠안겼던 그 엄마를
꿈에 그리던 어머니를 22년 만에 만났지만
만남은 짧았고 이별은 더욱 더 길었다

노래는 시련도 가져왔다
동백아가씨 섬마을선생님 흑산도아가씨…
인기를 끈 노래가 줄줄이 왜색倭色이다,
너무 비탄조라 경제발전을 저해한다는
이유 같지 않은 이유로 금지곡이 됐다

시련 끝에 더 많은 기쁨이 찾아왔다
아네모네 여자의 일생 아씨 여로…
히트곡이 금지되면 보란 듯이 새 노래가 날았다

노래는, 발이 없는 노래는 바람을 타고
장벽을, 한계를 넘어 세계를 뜨겁게 달궜다

세종문화회관 무대에 대중가수로는 처음 섰고,
일본 도쿄와 오사카로, 미국 뉴저지로 날았다
2002년에는 평양공연이 사상 첫 생중계됐고,
데뷔 30주년을 기념해 부른 '노래는 나의 인생'이
40년 50년 60년을 넘어 70년을 향해 가고 있다

10월 늦가을에 태어난 반짝반짝 빛나는 보석을
깨끗한 해수亥水로 씻어 주니 더 손댈 데 없이
차분하고 기품 있게 감정을 아름답게 표현해 내고
귀가 부담스럽지 않을 정도로 쉽게
남녀노소를 가리지 않고 가슴을 파고들었다

불러 보니 알겠더라
노래에 인생이
가사에 슬픔이
가락에 삶의 무게가
고스란히 담겨 있음을

불러 보니 알겠더라
어깨에 힘 빼야 강해지고
막걸리 한 잔에 시름 삼키며
하루하루 쌓인 한 너른 품에 안고

한 달 한 해 달래가며 살아야 하는 것을

불러 보니 알겠더라
텔레비전 없던 시절 고향에서
마루 구석을 라면박스 보다 작게 차지한
라디오를 뚫고 살랑살랑 퍼져 나오는 목소리에
사춘기 누나들이 눈치 보며 따라 부른 이유를

최초 맹인박사 강영우의 눈과 지팡이 되다
석은옥

그것은 하늘의 부름이었다
그의 눈이 되라는 부름!
그의 지팡이가 되라는 소명!
그의 얽힌 마음을 풀어 주라는 명령!

부름을 마다하지 않았다
대학생 자원봉사자로 일 년,
중학생의 자상한 누나로 육 년,
함께 살기로 약속한 약혼자로 삼 년,
아내와 지아비로서 삼십사 년…

사랑은 위대했다
남들이 눈멀었다고 거부하며 스스로 눈멀었음을 모를 때
남들이 말로만 안타까워하며 행동을 머뭇거리기만 할 때
남들이 내일이 아니라며 자꾸만 발길 돌려 멀어져 갈 때

선뜻 나섰다
머리보다 가슴이
생각보다 마음이
먼저 손을 내밀었다

몸이 불편한 것은 벽이 아니었다

장애는 함께 빛을 찾아가는 행복한 길,
늘 꽃만 피어 있지는 않았지만
너의 힘듦보다 나의 아픔이 더 절실해
불쑥불쑥 화딱지가 치밀어 오르기도 했지만
사랑으로 열린 마음으로 따듯한 손길로
뜨거운 눈물로 함께 씻어냈다

열네 살 때 아버지를 여읜 뒤
열다섯 살 때 축구하다 눈에 공을 맞아 실명하고
어머니가 잇단 충격으로 하늘소풍을 떠나자
여동생은 고아원으로, 남동생은 철물점으로,
자신은 장애인 재활원으로 뿔뿔이 헤어져
방황하며 자살까지 여러 번 시도했던
강. 영. 우.

숙명여대 영문학과 1학년이었던
석은옥이 강영우를 만난 것은 숙명이었다
무남독녀 외동딸로 동생이 있었으면 하는 바람과
기댈 곳 없이 따듯한 품이 그리웠던 두 살 아래 영우는
누나와 동생으로 잘 어울렸다

스스럼없이 누이동으로 산 정은*
스스로 그렇게 이성간의 사랑으로 나아갔다
온갖 어려움을 이겨내고 연세대 학생이 된 영우를
은옥은 엄마를 설득해서 남편으로 받아들였다
친구들의 싸늘한 눈초리 손가락질 혀차기를 뚫고…

미국 유학은 새로운 길을 찾는 모색이었다
고통 속에서도 절대 좌절하거나 울지 않았다
성취지향적 가치관으로 맹인이 넘어야 할
물리적 심리적 법적 제도적 장벽을 넘을 때마다
보람과 승리감을 느끼며 성취감을 만끽했다

남편이 한국인 첫 맹인박사가 되었어도
한국에 돌아가 강단에 설 기회가 없었다
맹인이 어떻게 눈 뜬 대학생 대학원생을
가르치고 논문 지도를 할 수 있겠느냐는
지독한 편견, 삶을 시험하는 굳건한 벽,

벽과 편견에 무너지지 않고 계속 두드렸다
인디아나 주정부 교육부가 문을 열었다
문이 한 번 열리자 벽은 스스로 무너졌다
미국 대통령 직속 국가장애위원회 정책차관보,
상원 인준을 받아 영예로운(Honorable)이 붙는
500명 안의 고위직에 임명됐다

눈물을 머금고 유학 떠날 때 뱃속에 있던
큰 아들은 하버드대를 졸업하고 의사가 되었고
작은 아들은 연방상원 법사위원회 고문변호사,
며느리도 의사와 변호사로 활약한다

한국에서라면 가능했을까
너는 좋아서 결혼한다 해도 자식들을 생각해봐

아버지가 장님인데… 하며
판사 의사 약사 대기업 간부에게 시집 간
친구들이 걱정한다며 비아냥대던 한국에서라면,
그 일은 맘에 두지 않기로 했다

나를 내려놓고
그대의 눈과 지팡이가 되니
그대는 남이 가지 않은 길 만들고
그대가 만든 길이 새로운 사람들 오가는
더 넓은 길로 이어진 것만 생각했다

나를 내려놓고
그대와 나의 아들들의 울타리 되니
그 아들들이 그대의 멋진 길 이어받아
그렇게 좋은 삶 일구었으면 되었다

나를 내려놓은 것이
나를 더 높이 올라가게 했고
한국 여성의 평균점수를 올려 주었으니*
예순여덟의 짧은 삶 멋지게 살다 간
남편의 사랑이면 충분한 인생이었다

*누이동 : 오빠와 누이를 오누이로 부르는데 누나와 남동생을 가리키는
말을 알지 못해 '누이동'이라는 말을 만들어 보았다.
*강영우 석은옥 부부가 유학을 떠난 지 6년 만인 1987년 9월, 한국을
방문했을 때 연세대 윤형섭 교수가 조선일보에 '평균점수'라는
제목으로 쓴 칼럼에서.

첫사랑 실패 딛고 선 세계적 프리마돈나

조수미

평생 할 사랑을
그 때
다
한 것이었을까

1982년 대학교 2학년 때
사랑에 빠져 연애만 하고
공부는 제쳐놓으니
꼴찌 성적표가 칼날처럼 떨어졌다

서울대 성악과를 수석으로 들어간 지
2년 만에 학교를 그만둬야 했다
자의반 타의반으로
성적 불량에 따른 졸정제에 걸려

더 큰 물에 가서
더 세계적으로 활동하라는
운명이었을까

단돈 300달러를 들고 혼자
이탈리아 행 비행기를 탔다
산타 체칠리아 음악원에서

사랑으로 놓친 공부를 잡으려고,

멀어진 거리는
사랑에게 좋은 핑계거리를 주었고
외로움을 달랠 수도 없는 3개월 만에
헤어지자는 통보를 받았다

가슴은 찢어지고
머리는 하얘지고
눈물은 쏟아지고
인생은 텅 빈 것처럼 느꼈다

이대로 끝낼 순 없다고 다짐했다
다시는 남자를 만나지 않겠노라고
독하게 공부해서
반드시 성공해서
이 아픔을 갚아 주겠노라고

첫사랑 실패가 약이 되었다
빈혈로 거리에서 쓰러지면서도
마당 넓은 집이 없어
1년에 몇 차례 이사 다니면서도
5년 과정을 2년 만에 끝냈다

사랑에 대한 복수심으로
하루하루 죽도록 노력하고

문을 잠그고 연습시킨 어머니의 헌신과
당뇨병을 앓았던 아버지의 사랑 덕분으로
세계적 프리마돈나가 될 수 있었다

그 목소리는 신이 주신 최상의 선물이고
그 자신에게뿐 아니라 인류의 자산이다
100년에 한 두 사람 나올까 말까 한 목소리를 가진
조수미와 무대에 오르는 것은 무엇보다 기쁜 일이다
오페라 가면무도회를 통해 만난 오스카 중
조수미가 최고라는데 나는 주저하지 않는다는
찬사가 이어졌다

4살 때부터 하루 여덟 시간씩
피아노 건반을 두드렸던 아이,
이유도 모른 채
엄마가 시키는 대로 했던 아이,
노래 부르는 재능을
하늘에서 타고 난 아이는
첫사랑의 실패를 성공으로 바꿔놓았다
운명처럼…

쉬는 날 없이 빡빡한 일정을 감당하기 위해
킥복싱과 역도로 체력을 유지하고
공연을 앞두고 참기 힘든 긴장을 이겨내려고
물을 튀기면서 노래 부르며
오늘도 마음 다잡고 길을 나선다

이 자리까지 올 수 있도록
복수의 에너지를 준 첫사랑과
이 자리에 올 때까지 뜨겁게
사랑해주고 계속 사랑해 줄 팬들과
세계의 벽을 낮추며
대한의 끼를 펼치는 후배들에게

감사드리려고
부끄럽지 않으려고
스스로의 운명에 떳떳해지려고
아버지 장례식에 참석하지 못한 것을 속죄하려고
한국 색깔을 풍기는 진정한 예술가가 되려고….

라인 강의 하늘을 나는 새가 되다
민병재

청춘을 투자해 미래를 열었다
가난과 남아선호에 희생당했던 삶,
눈물을 빗물 삼고
울음을 거름 삼아
고통을 벗으로 현실을 이겨내고
자신과 조국의 어두웠던 과거와
우울했던 현실을 밝은 앞날로 바꿔놓았다

탓하지 않았다
조국의 잘못으로 꽃다운 청춘에
이억만 리 낯선 땅으로 떠나야 하는 운명을

원망도 하지 않았다
아버지의 가난으로
사랑하는 가족과 생이별해야 하는 고통을

가지 말라는 말은
대안 없이 반대만 하는 것은
해결방안이 아니라는 불편한 진실임을 알았기에
지혜로운 딸은 웃으며
용감하게 독일 행 비행기에 올랐다

눈물이 저절로 주르륵 쏟아졌다
좌석에 앉자마자,
가족과 헤어져야 한다는 아픔과
말도 통하지 않는데 잘 해낼 수 있을까 하는 불안이
한 번도 가보지 않은 라인강과 로렐라이 언덕에 대한
설렘을 가로막고 짠물부터 선사했다

엄마, 제가 돈 벌어서 반드시 빚 갚아드릴게요
누나가 너희들만은 꼭 대학에 보낼 테니 조금만 기다려…
돈을 벌어 가난에 찌든 가족을 돕고
뼛속까지 남성위주였던 한국을 벗어나
독일에서 새로운 삶을 펼쳐 보겠다는
당찬 의욕도 막상 떠나야 하는
진실의 순간에는 먹먹할 수밖에 없었다

이름 대신 번호표를 받고
번호표대로 알 수 없는 곳으로
우리에 갇힌 닭처럼 눈동자가 흔들렸지만
그들이 옳았다는 것을 증명하는 데는
석 달이면 충분했다

입에 안 맞는 음식은 고추장으로 달래고
말이 통하지 않는 언어는 눈치로 이기고
처음 만난 이국인에 대한 편견과 냉대는
미소와 정성스런 마음으로 누그러뜨리자

어려움은 즐거움으로 바뀌고 그들은
연꽃으로 피어나 꿈을 주는 천사가 되었다

좋은 일이 그냥 이뤄지지는 않았다
한국에 없던 공짜 점심이 서독에 있을 리가 없었다
그리움, 엄마와 고향에 대한 그리움이
불쑥 찾아올 때 남몰래 흐르는 눈물을
들키지 않으려고 이를 악물었다

한 달에 받는 월급 700마르크에서
생활비로 50마르크만 남기고 모두
엄마 아부지에게 보냈다

무심한 게 세월이었다
'내 다시 돌아오리라'며 손가락 걸고
태평양을 건너 날아온 철없던 작은 새는
첫 3년의 계약 기간이 끝나고
연장에 연장을 거듭해
40년 넘게 독일을 고향으로 삼아 살았다

김금선은 춤으로 한국 문화를 알렸고
박모아 덕순은 소프라노로 한국 가곡을 불렀고
이민자는 파독 간호사 중 최초의 의사가 되었고
윤승희는 포레스트 검프처럼 환갑에 마라톤을 완주했고
정광수는 우간다에 에이즈와 말라리아 퇴치의 희망을 심었다

어릴 때부터 글을 읽고 쓰기를 좋아했던
민병재는 43년 동안의 간호사 근무를 마치고
몸은 라인강가에 있지만 영혼은 대한민국과
고향 땅, 경기도 이천의 노성산 하늘을 날며
시를 쓴다, 영광스런 대한민국의 행복한 딸로서

라인 강의 하늘을 나는 새야
지친 날갯짓으로 라인 강의 하늘을 나는 가여운 새야
무엇을 찾아 수만 리 허공을 날아왔느냐
길 잃고 고향 찾아 둥지 찾아 헤매는 새야
너의 둥지는 무너지고
정든 강산도 변했는데
흔적 없는 옛 고향 찾아서 무엇 하리
지친 날개 접고서 이곳에 살려무나

아프리카의 나이팅게일 '시스터 백' 간호사

백영심

공부해서 남을 주세요
5000명을 먹이는 사람이 되세요
남과 비교하지 말고
내가 좋아하는 일을 하며 나만의 삶을 사세요

제주도 조천읍 함덕에서 태어난
백의의 천사는 21세기를 살아갈
청소년들에게 이렇게 당부합니다

스물여덟 살 한창 잘 나갈 때
고려대 부속병원 간호사라는 안정된 직장을
스스로 버리고, 결혼도 마다한 채
케냐로 의료봉사를 떠날 때만 해도,
서른한 해를 아프리카에서 보낼 줄 몰랐던
말라위의 나이팅게일, 시스터 백

그는, 셋째 딸을 떠나보내며
공항에서, 두 다리 쭉 뻗고 엉엉 우는
엄마의 눈물을 웃음으로 인사하고
하늘이 말하는 대로
마음이 끌리는 대로

바람이 부는 대로 훨훨 날았습니다

유난히도 가난했던 어린 시절
초등학교를 졸업하고 중학교 입학금을 벌려고
몸뻬바지에 수건을 두르고 밀짚모자를 쓴 뒤
도로건설현장에 가서 일당 600원을 벌었던
그의 당참 앞에 두려움은 없었습니다

간호대학 1학년 때
한센병 환자들이 사는 여수의 애양원에서
손과 발이 문드러지고 얼굴이 일그러졌는데도
기쁘고 감사하며 평안하게 사는 모습을 보며
간호사가 천직이며 소명임을 깨달았습니다

1990년, 제1회 의료선교대회에 참여했을 때
케냐에서 말라리아에 걸려 돌아온 간호 선교사의,
누가 대신 가서 도와줄 수 없겠냐는 호소를 듣고
주저하지 않고 번쩍 손을 들었습니다

그동안 쌓은 꿈과 비전을 실천하기 위해
내 삶을 던져 온몸으로 도전할 때가 왔으니
나를 필요로 하는 곳으로 가야 하고
젊음과 열정과 소명이면 충분하다고 여겼습니다

케냐 마사이부족 마을에서 4년을 보낸 뒤

말라위의 치무왈라로 옮겨 갔을 때
찢어지게 가난하고 질병에 무기력한
사람들을 찾아다니며 진료를 할 때

우리가 하는 일이 태평양의 물 한 방울 같이
작은 것일지라도 우리가 이 일을 하지 않으면
태평양의 물 한 방울이 없어지는 것과 같은 것이라는
테레사 수녀의 말을 떠올리며 버텼습니다

어느 날 새벽
엄마 등에 업혀 온 어린 아이가
뇌성 말라리아에 걸려 혼수상태에 빠져
당장 수혈하고 치료해야 했음에도
손도 써보지 못하고 이 세상인연을 끊었을 때
병원을 세워야겠다는 소원이 더욱 간절해졌습니다

지극한 정성으로 기도하면
하늘이 감동해 들어주게 마련인가 봅니다
2005년 어느 날 이동진료를 가는 데
얼굴도 모르는 대양상선 정유근 회장이
전화해서 병원 설립을 지원하겠다고 했습니다

말라위 정부에서는 토지를 무상으로 제공하고
대통령까지 병원 기공식에 참석해
2008년 3월에 대양누가병원을 개원했습니다

한국 일본 미국 노르웨이 스코틀랜드 등에서
CT촬영기와 초음파기기 등을 기증해주어
80개 병상으로 시작한 병원은 200개로 늘어
매년 20만 명을 치료하는 기적을 일궜습니다

2010년에는 대양간호대학을 설립했고
2012년에는 정보통신기술대학을 세웠습니다

간호를 하늘이 내린 소명으로 알고
주어진 길을 성실히 걸어왔을 뿐인데
아무나 할 수 없는 일이기에
이태석상 호암상 성천상을 받았습니다

상을 받은 건 자랑하기 위해서가 아니라
호암상금 3억원으론 도서관을 설립하고
성천상금 1억원으론 중고등학교를 짓기 위해서였습니다

갑상선암을 이겨낸 것은 열정이었습니다
시스터백은 후회 없는 최선의 삶이었습니다
스스로 일군 병원은 현지인들에게 물려주고
새로운 지역을 찾아 평생 현역으로 살 생각입니다
돈이 필요한 것은 사실이지만
돈이 제일이라고는 말하지 않습니다

시스터백은 한국의 국격國格을 높이고

배달민족의 얼이 살아있음을 보이고
대한의 젊은이들이 나아갈 길을 보여주는
문화전도사, 하늘이 내린 천사, 작은 거인입니다

공부해서 남을 주고 5000명을 먹이며
남과 비교하고 경쟁하기보다
내가 좋아하는 일을 하며 나만의 삶을 살라는
그의 말이 가슴에 쟁쟁합니다

서울대 중퇴하고 신동엽 시인 키운 민속학자
인병선

고달픈 사랑은 짧았고
달콤한 인생은 길었다

그것은 운명이었다
전쟁이 끝난 뒤 돈암동 고서점에서
여고 3학년과 대학 졸업생이
철학책을 이야기 고리로 엮인 것은

이 땅에 오기 전부터
하늘에서 만들어진 사랑이었다

크고 빛나는 눈을 본 순간
두 눈이 커졌고 두 볼은 발갛게 익으며
가슴이 쿵쾅거리고 생각의 회로가 멈췄다
가을의 동경(秋憬)은 돌 숲(石林)에
첫 만남부터 그렇게 빨려 들어갔다

편지는 편지로 이어지고
머리는 가슴의 포로가 되어
만날 때마다 튄 불꽃은
어렵게 들어간, 누구나 부러워한

서울대 철학과를 스스로 그만두고
가난한 부여 촌놈과 결혼으로 이끌었다

석림의 고향 부여로 내려가
초가삼간에 신방을 차리고
숙명 같은 가난을 이겨내기 위해
읍내에 양장점을 열었지만
생활은 마음처럼 호락호락하지 않았다

맏딸이 태어나고
석림이 힘들게 얻은 주산농업고등학교
교사를 국민방위군 때 얻은 폐디스토마로
각혈하면서 그만두게 되자
추경은 돈암동 친정으로 돌아갔다

알콩달콩했던 신혼은
병마와 가난의 심술로 1년여 만에 헝클어졌지만
추경은 마음 담은 편지로 석림을 북돋았고
석림은 생이별의 아픔으로 시 쓰기에 전념해
이듬해 조선일보 신춘문예에 뽑혔다

사랑은 병마와 가난을 이겨냈다
성북구 동선동, 새 보금자리에서
꿈같은 시간은 바람처럼 흘러갔다

영원할 것으로 믿었던 사랑은
결혼 12년 만에 세 자녀를 남겨두고
마흔이 채 되기도 전에 저 세상으로 떠났다
석림이 백마강과 부소산 바라보며
시 쓰던 장독대 뒤 감나무만 그 자리 지키고…

그대로 주저앉기엔 현실이 냉혹했다
여섯 눈 말똥말똥 뜨고 나만 바라보는
어린 딸, 두 아들과 살기 위해선
어금니를 질끈 악물어야 했다
출판사에서 일본어 번역이 서투르다는
수군거림을 더 나은 번역으로 잠재우며,

우리는 살고 가는 것이 아니라
언제까지나
살며 있는 것이라는
사실을 스스로에게 다짐하고
먼저 떠난 사랑에게 전하고
딸과 아들들에게 알려 주었다

떠난 사람은 떠난 이유가 있듯

살아남은 사람은 살아서 해야 할
일과 뜻이 있다는 것을 깨닫고
짚풀문화에서 새로운 길을 찾았고
석림의 짙은 그늘에서 벗어났다

짚신 멍석 삼태기 쇠죽 초가집으로
반만년을 우리와 함께 살았던 짚풀이
비닐과 플라스틱으로 밀려나는 현실이 아파서

평생을 농업학자로 산 아버지와
촌놈 시인으로 짧게 살다 간 사랑의
말로 못한 뜻을 이어받으려고

짚풀을 겪어보지 못한 세대들에게
짚풀의 맛과 멋을 알려주기 위해

몸과 마음을 오롯이 쏟는 사이에
사랑이 떠난 지 쉰두 해가 흘렀다
사랑을 처음 만났을 때와 마음은 여전한데
몸은 마음과 따로 놀고,

그래도 다시 사랑을 만났을 때
할 이야기가 많이 있어 미소 짓는다

거의 죽어가던 뒤뜰 감나무에

다시 감이 열렸다는 부활과

사랑이 남긴 시와 육필이
많은 젊은이들의 가슴을 흔든다는 것과

사랑의 딸과 아들이
멋지게 컸다는 사실을

소곤소곤 다듬으며

성악가에서 베세토오페라단 단장 된 지휘자

강화자

열정 하나로 문을 열었다
사랑 하나로 무대를 이어갔다
희망 하나로 어려움도 이겨냈다
소명 하나로 열정과 사랑과 희망을 키웠다

메조소프라노로서 정상을 달릴 때
베세토오페라단을 만든 것은
성악가로서 수많은 무대에 선 것을
바탕으로 후배들에게 당당히 설 수 있는
무대를 만들어 주는 봉사였다

쉽게, 저절로 이뤄질 일은 아니었다
메조소프라노로서 할 게 더 있을 거라는
아쉬움과
무대에 서는 것과 무대를 만드는 것이
얼마나 다르고
얼마나 힘든 일인지를 뼈저리게
알고 있었기 때문이었다

그래도 피하지도,
물러서지도 않았다

이 길이
이름도 없는 신인을
베르디 오페라 〈아이다〉의
암네리스 공주로 발탁해 준
은혜를 갚는 것이라는 것을 **몸***으로 깨달았다

이 길이
은혜를 후배들에게 돌려주어야 한다는
그분의 목소리를 들었다
그대 음성에 내 마음 열리는 것처럼

이 길이
피기 시작한 한국 오페라를
더욱 멋지게 피게 하는
소명임을 무겁게 받아들였다

창작 오페라 〈백범김구와 상해임시정부〉는
그런 소명을 현실로 만들어 낸 도전이었다
IMF외환위기를 겪고 있는 국민들에게
그 어떤 고난 속에서도 좌절하지 않고
비전을 갖고 행동을 하면 기적이 일어나
비행기가 난다는 꿈을 심어주기 위해서였다

오페라 〈춘향전〉을
일본 민간 오페라단과 함께 합작으로

도쿄문화회관 대강당에 올린 공연에선
일본 가수들도 한글가사로 부른 노래에
한국과 일본의 마음 벽은 무너지고,
독일 프랑크푸르트 도서전을 달구며
한국의 품격을 높였다

품격은 거저 생기는 것은 아니었다
오페라 〈삼손과 데릴라〉를 위해
독일로 가서 호세 쿠라를 섭외했을 때
메조소프라노 강화자가 연출하는 것이니
출연하겠다고 한 것은
그동안 뿌린 씨앗이 맺은 좋은 열매였다

남자들의 독무대였던 오페라 연출에서
오페라 〈마술피리〉를 여성 처음으로 맡아
가족오페라의 붐을 일으키며
관객들의 큰 공감을 이끌어 낸
자신감이 만들어 낸 숨결이었다

지금까지 해온 것은
오페라 성악가의 꿈을 키운
뉴욕 메트로폴리탄에서
〈춘향전〉과 〈황진이〉를 엮은
오페라를 올리는 꿈을
현실로 만들기 위한 준비였다

특별한 일이 없을 때는 공연장을 직접 찾아
이름이란 편견과 선입견을 깨고
정말로 실력 있는 성악가를 골라내는
'스테이지 캐스팅'을 한다

신예를 보면서 행복을 느끼고
신인을 발굴하면서 보람을 맛보며
메트로폴리탄의 꿈을 다지고
나를 기억해주는 누군가가 있을 것임을 믿으며

베이징과 서울과 도쿄를 이어
아시아 최고를 위해 만들어진
베세토오페라단이
베를린과 서울과 토론토까지 확장해
세계 최고로 발돋움하기 위해
오늘도 열심히 공연장과 기업인을 찾아다닌다

이미 세계 수준으로 오른 성악가들이
마음껏 설 수 있는 무대를 보다 많이 만들려고,
한 번 쓴 무대장치들이 그냥 버려지지 않게
'오페라 타운'을 만들어
사랑받는 명소로 가꾸어지기 위해

집까지 팔아야 했던 어려움도 잊고
성악가에서 대학교수를 거쳐

연출가가 됐던 열정은

오케스트라 지휘자로도 이름을 날리겠다는

꿈을 꾸며

오늘도 신발 끈을 질끈 조인다

*몱: 몸과 마음을 함께 부르는 말. 지인이 만든 말을 활용하고 있다.

3장, 경륜과 패기를 잇는 사다리가 되어

여자 피겨 사상 첫 올포디움 달성한 피겨 여왕

김연아

여왕 폐하 만세!
Long live the Queen!

2009년 3월 28일
로스앤젤레스 스테이플센터에서 열린
피겨스케이팅 세계선수권대회에서
김연아가 207.71점을 얻어
사상 처음으로 200점을 돌파하며
2위와 16.42점, 압도적 차이로 우승하자

톰 해먼드 NBC 캐스터가 이렇게 외쳤다
AP통신도 장단이라도 맞추려고 한 듯
경쟁이라기보다 즉위식에 가까웠다고 써
국민여동생으로 혜성처럼 등장한
피겨여왕 언느님이 훨훨 날 것을 예고했다

세계선수권에서 금메달을 6개나 땄고
2010년 밴쿠버동계올림픽에서 금메달
2014년 소치동계올림픽에서 은메달을 따고
은퇴할 때까지 10여 년 동안
여자피겨 100년 역사상 첫 올포디움을 기록하며

21세기 최고 여자 피겨스케이팅 선수로 활약했다

천 년에 한 번 나올까 말까 한 신이 내린 재능이다
김연아는 역사상 가장 위대한 스케이터다
그는 여자 피겨 스케이팅을 한 차원 높였다
그의 연기를 볼 때 부족하다고 느끼는 점은 없다
김연아는 아무런 약점 없이 모든 걸 가졌다
그의 스케이팅은 참 쉬워 보이고 아름답고 가슴 아프다.

김연아의 등장은 그야말로 기적이었다
스케이트를 처음 탄 다섯 살 때부터
열악한 환경과 어처구니없는 여건을
피겨스케이팅 하는 즐거움으로 이겨냈다

인생의 보물1호, 부실한 빨간 스케이트화가
세기적인 큰 선수로 키워낸 역설을 만들었다
실패했을 때 다시 일어서 한 번 더 도전해 본 것
포기하고 싶은 마지막 1분을 눈물로 참아낸 것
발목이 너무 아파 그만두려고 했던 성장통을 극복한 것
나의 가장 큰 경쟁상대는 바로 나라는 것을 깨달은 것
이런 일들을 겪으면서 기초를 확실히 다졌다

브라이언 오서 코치와
데이비드 윌슨 안무가를 만나
세계 최고 선수로 날아올랐다
록산느의 탱고, 종달새의 비상으로
세계주니어대회에서 1등 한 뒤
부상으로 그만두려다, 반짝하다 사라지는
그저 그런 선수로 남고 싶지 않아
다시 스케이트 끈을 바짝 죄었다

1위가 늘 좋은 것만도 아니고
기적은 신이 아니라 자신의 의지가 만들며
포기하지 않으면 기회는 반드시 오고
상처도 때론 약이 된다는 사실을 믿으며
스스로 포기하는 모습을 보여 주지 않겠다는
각오로 고통과 어려움을 삼키며 넘었다

아버지의 경제적 능력과
엄마의 정신적 헌신과
노래에 재능이 있던 언니의 희생과
본인의 피나는 노력으로 거머쥔
올 포디움의 피겨 여왕, 김연아!

그가 없었더라면 피겨스케이팅은 아직도
한국에서 관심도 없는 불모지로 남았을 것이고
김연아 키즈의 대표격인 유 영 선수의 등장도

더 많은 시간을 기다렸을지 모른다

김연아, 바로 그 사람^{其人}이
세계피겨역사를 새로 쓰면서
불모지 한국에서 피겨를 키우고 있다

2007년 1월 피겨 스케이팅 꿈나무들에게
장학금 1200만원을 기부한 것을 시작으로
2021년 6월 개도국 어린이들을 위한
백신공급으로 10만 달러를 기탁한 것까지
50억 원이나 맡긴 기부천사이기도 하다

바둑판 남녀의 벽을 낮추는 여제, 소녀 장사

최 정

천진무구한 미소가 나이를 감추는 소녀는
바둑판 앞에선 태산처럼 묵직한 장수가 된다
윤슬이 반짝이는 호수의 고른 물결보다 더 잔잔하게
상대가 누구이든 흔들리지 않고 내 바둑을 둔다

멋진 두 얼굴이다
스물다섯이라고는 여겨지지 않고
바둑을 둔다기보다 바둑을 그저 즐긴다
아는 것보다 좋아하는 것이
좋아하는 것보다 즐기는 것이 낫다는
깊은 이치를 언제 깨우친 것일까

흔들림 없이 멈출 줄 아니
있어 할 곳에 바르게 정하여 있고
고요하여 안정되게 생각할 수 있으니
대국을 할 때마다 이기는 즐거움을 얻는다

이런 경지에 오르는 데는 많은 시간과
머리 쥐어뜯는 고통을 이겨내는 게 필요했다
충남 보령에서 태어나 초등학교 3학년, 열 살 때
서울로 이사한 뒤 유창혁 도장에서 바둑을 배워
열네 살 때 프로에 입단하고부터 기록제조에 나섰다

2년 뒤인 2012년 여류명인전에서 우승했고
4년 뒤인 2016년 위즈잉을 제치고 세계1위에 올랐으며
그해 4월, LG배 통합예선에서 본선에 진출했다
조혜연 위즈잉 셰이민 후지사와리나 왕천싱 오유진 등이
도전했으나 여기사로는 최정이 유일하게 예선을 통과했다

1년 뒤 궁륭산병성배에서 우승해 8단으로 올랐고
1년 뒤 하림배 여자국수전에서 우승해 9단이 되었다
여자 기사 중 가장 어린 스물한 살에
입단 뒤 가장 짧은 7년 8개월 만에
여자 기사 중에서는 세 번째였다

여자 기사 가운데 가장 많은 타이틀을 거머쥐었다
하림배 여자국수전에서 내리 4년 우승을 차지했고
한국제지 한국기성전에서 3연패를 달성했다
국내 여자개인전 결승에서 12연승을 기록하며
김채영 이슬아 오유진 김혜민에게 눈물을 안겼다

신축년에도 그의 바둑 즐기기가 이어졌다
2021년 1월 21일 저녁 6시 반,
1.21사태가 있은 지 53년째 되던 날
그는 참선하듯 지긋이 혼자 앉아 있었다

KB국민은행 바둑리그 경기장에서 상대를 기다리며

초침이 쉴 새 없이 흐르고
분침도 열 번이나 자리를 바꿔
혹시나 하는 기대가 높아지려는 때
이동훈 9단이 허겁지겁 들어왔다

최정은 흔들림 없이 바둑에만 집중해
1시간 2분, 141수만에 불계승을 거뒀다
랭킹 27위가 6위를 보기 좋게 꺾고 웃으며 말했다
"오히려 빨리 왔으면 했어요"라고···

이변이라면 이변이었을 일은
2015년에 6위였던 나 현 9단을 이기면서 시작됐다
신의 경지인 9단 32명만이 겨루는 맥심커피배에서
고근태 나 현 9단을 잇따라 이기고 8강에 올랐다
박정환 9단에게 덜미를 잡혀 4강은 좌절됐으나
그의 도전은 계속되고 꿈은 차츰 이뤄지고 있다

2월19일, 5년 만에 부활된 44기 명인전 본선
16강 개막전에서 고근태 9단을 물리치고 8강에 올랐다

3월13일엔 지고서도 기분이 좋았다···
바둑 팬들과 팀을 이뤄 신진서 집단지성팀과 겨룬
페어대국에서 277수만에 불계로 패배했지만
내내 채팅창을 보면서 밝은 웃음을 선사했다

함께 바둑을 두면서 같이 즐기는 것이
이기고 지는 것보다 더 소중하다는 듯이

3월 24일엔 2021년에 처음 열리는 국제대회인
센코컵 월드바둑여류최강전에서 아쉽게 준우승했다
1회 때는 4강에서, 2회 때는 결승에서 발목 잡혔던
중국의 위즈잉에게 또 다시 제동이 걸렸다

코로나로 1년 쉬고 반드시 설욕하겠다고 다짐했지만
2019년 2월까지 11승 17패로 유일하게 약했던
위즈잉에게 그때부터 내리 6연승을 거머쥐었지만
마음의 부담을 완전히 털어내지 못했다

공은 둥글어
이기고 지는 것은 경기가 끝나봐야 안다
바둑판은 정사각형이고
가로 열아홉, 세로 열아홉으로
한 가운데 천원天元을 빼고 360점인 인생이다

사는 데 남자와 여자의 구별이 없듯
바둑판에서 남자와 여자를 나누는 것은
깨어 없애야 할 구시대 유물,
최 정이 바둑판에서 남자와 여자의 벽을 낮추며
남녀평등을 실현시키고 있다

한국 여성 현악4중주단 세계를 홀리다

에스메 콰르텟

넷이서 하나가 되었다
365일 가운데 360일을 함께 모여 연습하고
중요한 무대를 앞두고는 하루에
열 시간씩이나 호흡을 맞춘다

눈빛만으로
바이올린 비올라 첼로 바이올린이
하나가 되고

미소만으로
맺고 끊고 흐르고 멈추는 물결이
청중의 박수로 흐른다

나만의 개성으로 튀기보다
남과의 다름으로 어울리는
화이부동의 소리로 사랑받는다는
뜻이 넷의 마음을 넘어 세계를 꿰뚫었다

런던 위그모어홀 콩쿠르라는
큰 무대에 섰어도 두려움은 없었다
연습이 그 무엇보다 정직하니
사람이 해야 할 일 모두 했으니

하늘이 알아서 할 것이라는 배짱이 있었다

섬세할 때는 봄바람처럼 부드럽게
휘몰아칠 때는 한여름 천둥처럼 강인하게
거둬들일 때는 가을볕처럼 따사롭게
쉴 때는 동지 밤 내리는 흰 눈처럼 소리 없이

소리가 흐를수록 자신이 붙었다
굳었던 얼굴이 펴지고 선율도 톡톡 튀었다
척척 맞는 눈빛은 말이었고 소리는 뜻이었다
미소가 수수꽃다리 향기처럼 퍼지자
뜻이 하나의 감동으로 울렸다

젊음은 힘이었다
힘은 연습으로 닦은 부드러움에서 왔고
느슨하게 참았다가 한곳에서 뿜어 나오는
분수처럼 강하게 힘차게 솟구쳤다

처음부터 하나였던 것은 아니었다
독일에서 유학하던 첼리스트 허예은과
비올라리스트 김지원이 학칙에 따른 실내악을 위해
마침 쾰른에 와 있던 바이올리니스트 배원희와

프랑스에 있던 바이올리니스트 하유나를 영입했다

독주자로만 활동하던 사람들이 모였지만
자기만의 목소리로 다툼은 지양하고,
다양성 속에서 통일성으로 지향한 바로 그 해
쾰른대학교 콩쿠르에서 1위를 차지했고 이듬해
트론하임 국제실내악공쿠르에서 3위에 올랐다

어려움이 닥치면 바뀌게 마련이고
바뀌면 뻥 뚫려 통하게 되고 통하면
오래 오래 이어진다는 진리가
모르는 사이에 저절로 알게 되고
현악4주중단 세계 정상에 우뚝 섰다

넷이 하나보다 강해진 것은
그냥 저절로 이뤄진 것이 아니었다
나를 버리고 남을 받아들여
더욱 새로운 나로 거듭나려는
피땀 나는 노력이 거름 되었다

지극한 정성은 신과 같아서
하늘이 알아서 도와주고 있으니
멋진 대한여성 넷이 만들어 내는 선율은
온 누리 사람의 눈과 귀와 가슴을 울리는
거센 사랑의 포탄 물결로 높디높은
현악4중주의 세계 벽을 낮추고 있다

세계 최다 연봉, 여자 배구의 살아 있는 전설
김연경

전설은 그냥 써지는 게 아니다
전설은 하루 이틀에 만들어지지도 않는다
전설은 하늘이 준 능력과 옆 사람들의 도움과
스스로의 노력이 꼭짓점 하나로 모아져야 비로소
입에서 입으로 번져나가는 전설이 된다

전설이 되기 전에는 반드시 시련이 있다
중학교 3학년까지 170cm도 안 되는 키,
작은 키는 주전이 아닌 교체 선수로 돌았고
상처가 되어 배구를 그만두려고 했으나
작은 키가 전설을 만드는 스승이었다

부모님과 선생님의 격려로 다시 볼을 잡았다
고등학교 때부터 기다렸다는 듯이 쑥쑥 큰 키,
3년 동안 무려 20cm이상 자라며
키가 190cm를 넘자 펄펄 날았다
위기는 더 큰 발전을 위한 밑거름이었다

축구의 손흥민이요
야구의 류현진이라고 하면
이해는 쉽지만 꼭 맞는 비유는 아니다
유명세는 조금 떨어져도

상대적 연봉은 훨씬 높아
남녀 통틀어 세계 최다 기록을 갖고 있다

기록은 기록일 뿐
그의 가슴에는 늘 한국과 태극마크가 있다
어우흥, 어차피 우승은 흥국생명!
잘 나가던 해외배구 리그를 11년 만에 떠나
국내 프로배구 무대에 복귀한 것은
한국 배구에 대한 관심과 실력을 높이기 위해서였다

2005년 열일곱 살에 국가대표가 된 뒤
여러 국가에서 온 귀화 제의를 뿌리쳤다
돈만 생각한다면 많이 주는 나라로 갈 수도 있으나
사는 건 돈만이 아니라 더 중요한 게 있었다

태극기를 너무나도 사랑했고,
대한민국이 아닌 나라의 대표는 생각해 보지 않았다
2017년 8월 15일, 72주년 광복절 날
대만과 경기에서 운동화에 '대한독립만세'라고 썼다
일본 스폰서 상표를 가리려고…

실력 인성 개념으로 뭉친 선수,
일본에서도 100년에 한 번 나올 선수,
세계무대에서 크게 통하는 선수,
김연경 룰,
한국 여자배구 역사상 최고의 거포,

열일곱에서 서른넷까지 17년 동안 국가대표팀
2012년 런던올림픽에서 4위
2014년 인천아시안게임에서 금메달
2016년에 리우올림픽 참가,
김연경의 전설은 2021년 도쿄올림픽에서 완성됐다

7월 25일부터 8월 8일까지 열린 도쿄올림픽에서
브라질 케냐 도미니카 일본 세르비아와 싸워
8강에 오른 뒤, 숙적 일본을 기적적으로 이기고
4강에 오르는 신화를 썼다

메달을 향한 불꽃을 태웠지만
객관적 실력 차이를 정신력으로만 넘어설 수 없어
눈물로 4위에 만족하며
갑질전쟁에서 입은 상처를 달랬다

괴롭히는 사람은 재미있을지 몰라도
괴롭힘을 당하는 사람은 죽고 싶다
강한 자에게만 굽신거리고
약한 이에게만 포악해지는 일
살면서 절대 하지 말아야 하는 일
전설을 향한 돌팔매는
실력과 사람됨과 애국심에 걸려
던진 사람에게 돌아가는 부메랑이 되었다

모차르트도 깜짝 놀라게 한 피아니스트

손열음

모차르트도 깜짝 놀랐을 것이다
하늘나라로 일찍 소풍 떠나 더 좋은
작품을 구상하고 있었을 모차르트도
지구에서 문득 들려오는
그보다 더 잘 연주하는 피아노협주곡 21번에
넋 놓고 빠져들었을 것이다

2011년 6월,
모스크바 콘서바토리, 음악학교
발쇼이 짤, 대극장에서 열린
제14회 차이콥스키 국제콩쿠르에서
그의 손가락은 훨훨 날아
모차르트에게까지 닿았을 것이다

큰 무대에 가면
경험이 많은 사람도 떨리게 마련,
스물다섯의 그도 긴장했을까
문이 열리고 박수를 받으며 걷는 동안
걸음은 조금 빨랐고 자리에 앉으며
약간은 불안한 미소가 느껴졌다

오케스트라의 소리는 안정제였다
잔잔하게 음악이 흐르는 동안
마음을 가다듬으며 손가락을 풀었다
미소,
1악장이 끝나고 환하게 핀
미소는 이제 됐다는 안도와 함께
자신감이 준 여유였다

봄날 꽃이 피려고 기지개를 켜는 순간,
그걸 바라보는 어린아이의 눈동자인 듯
그걸 시샘하듯 한 방울 떨어지는 이슬인 듯
꿈결에 문득 들린 첫사랑 숨결인 듯

손은 건반에서
눈은 꿈결에서
마음은 하늘에서
새가 되어 날았다

러시아 사람이 아니어서
아깝게 준우승에 그쳤지만
모차르트 협주곡 최고 연주상을 받았다

해외유학을 다녀오지 않은
순 국산이 거둔 쾌거였다

'열매를 맺음'이라는 뜻으로
열음이라 이름 지어준 엄마의
소리 없는 눈물이 느껴졌다

다섯 살 때부터 피아노 앞에 앉아
초등학교 때 원주에서 서울까지
오고가며 피아노 레슨을 받으며
강산이 두 번 바뀌는 동안 오로지
건반에만 **맘**을 쏟았던 시간,

외로움은 건반으로 달랬고
어려움은 모차르트와 대화하며 이겨냈고
막연함은 엄마의 따뜻한 손길로 견뎠다

내가 좋아하는 것을 정성스럽게
내가 잘 하는 것에 집중하면서
하루가 아니라 한 달이 아니라
일 년이 아니라 십년이 아니라
이십년을 계속하니 세계의 벽이 낮아졌다

나의 고생은 행복 바이러스,
내가 고생하면 내가 좋고

내가 고생하면 부모의 웃음꽃이 피고
내가 고생하면 고향 사람들이 으쓱하고
내가 고생하면 내 나라 사람들이 밝아졌다

피아노 연주로만 끝나지 않았다
하노버에서 온 음악편지로
어렵게만 느껴지는 클래식을 정겹게 하고
'놀면 뭐 하니'에 출연해
터키행진곡 즉흥 연주로 사랑을 전했다

문화력을 높이는 데 밀알이 되기 위해
21세기는 문화가 경쟁력인 시대,
대한민국이 문화강국으로 우뚝 서는 데
튼실한 주춧돌이 되기 위해….

보이지 않는 진실을 밝히려 '마약을 하다'

정희선

눈에 보이지 않는다고
진실이 죽거나 사라지는 것은 아니다

말 하지 못하는 시신屍身은
언제나
자신이 왜 죽었는지 밝혀 줄
실마리를 남겨놓는다

나의 은밀한 단서를 찾아
나의 억울한 죽음을 밝혀 달라는
그 애절한 목소리를 외면할 수 없어
몇날 며칠을 숨바꼭질 한다

보일 듯 보일 듯 보이지 않던 단서가
왜 이제야 찾아왔느냐는 듯
문득 반짝반짝 빛날 때
그동안 쌓인 피곤은
봄볕에 눈 녹듯 사르르 사라지고
선뜻 새로운 숨바꼭질에 나선다

왜?

라는 호기심이 그를 법과학자로 이끌었다
약대藥大 3학년 때 국과수 소장의 강연을 듣고
펄떡펄떡 뛰는 심장을 따라
매일 시신이 들고나는 곳에서 일하기 시작했다

모두가 선망하는 약사藥師를 뒤로 한 채
3년 동안은 일하겠다는 약속을 단단히 하고
8개월 동안 비커만 닦는 고통을 겪은 뒤
가짜 꿀을 가려내는 실험법을 개발해
가짜 꿀을 만들어 파는 범죄자들을 검거했다

텔레비전 인터뷰를 하고 소장 표창까지 받으며
숨바꼭질하기에 푹 빠졌다
가장 일찍 출근해서
가장 늦게 퇴근하며
밤낮 없이 열심히 일하는 동안
위기는 어스름처럼 왔다가
돈을볕처럼 사라졌다

마약 복용 여부를 판정하는 방법을 개발해
유엔의 마약범죄사무소에서도 평가받았지만

승진에서 두 번이나 남자 동료에게 밀리자
바로 사표를 내고 국과수를 떠나고 싶었다

'소변'이 사표 낼 시간을 빼앗았다
아침부터 저녁까지 밀려드는
오줌과 씨름하다 보니
승진 탈락의 우울증을 잊었고
생각까지 바꾸었다

내가 좋아하는 일을 하는데
정말 의미 있는 마약검출법을 만드는데
승진 안됐다고 그만둘 수는 없다고
여기서 그만두는 건 너무 억울하다고

여자라는 이유 때문에
어처구니없는 일을 당하기도 했지만
결국은 일이 말을 했고
성과가 여자천정을 뚫었다

입소한 지 30년이 되던
2008년에 11대 국과수 소장으로 취임했고
국과수가 원으로 승격하면서 초대원장이 됐다
국제법과학회 60년 역사상 첫 여성회장과
아시아인으로 최초이고 여성으로는 두 번 째로
국제법독성학회 학회장으로 선임됐다

'첫'과 최초가 많이 붙은
법과학자 정희선은
아직도 꿈을 갖고 있다

과학의 힘으로
보이지 않는 진실을 밝혀
억울한 사람이 없는 세상을 만드는 꿈

과학수사박물관을 설립해
어릴 때부터 과학수사에 익숙해져
보이지 않는 진실을
더 빠르고 더 확실하게 밝혀내는 꿈

그 꿈을 현실로 만들기 위해
대학원에서 후학들을 키우고
여성과학기술단체총연합회장으로
여성 과학자들이 기량을 마음껏
발휘할 수 있는 마당을 만들기 위해
바쁜 나날을 보내고 있다

도쿄올림픽 동메달 감격의 눈물 흘린 미녀 검객

김지연

범처럼 달려들어
상대방의 왼쪽 가슴을 찔렀다
파란 불이 들어오고
동메달을 향한 길고도 험난했던 도전을
두 팔을 번쩍 뻗어 올려 마무리했다

백전노장은 살아 있었다
후배들이 다져놓은 역전을
점수 차를 벌이며 승리로 이끈 뒤
눈물을 펑펑 쏟았다
이겨서 울고 져서 울었다

김지연 윤지수 최수연 서지연,
네 명의 사브르 태극낭자는
기쁨과 아쉬움을 함께 담아 울었고
응원하는 국민들은 가슴의 응어리를
시원하게 풀어내며 눈시울을 붉혔다

동메달 결정전에서 이탈리아에
10점 이상 뒤질 때도 포기하지 않고
윤지수가 4점 차로 좁힌 뒤

서지연이 2점 차로 역전시키고
맏언니 김지연이 쐐기를 박았다

8강전에서 헝가리를 꺾은 기쁨의 눈물과
4강전에서 세계 1위 러시아 벽에 막혀
흘린 완패의 눈물을 승리의 눈물로 닦았다

올림픽 사브르 여자단체전의 첫 메달이고
남자 사브르 금메달과 여자 에페 은메달
남자 에페 동메달에 이어 단체전 모두
메달을 따는 대기록을 완성한 눈물이었다

되돌아보면 모두 눈물이었다
눈물 없이 따는 메달은 어디에도 없었고
부상 없이 애국가는 절대 울리지 않았으며
앙다묾 없이 기쁨은 나의 것이 아니었다

스물두 살 뒤늦게 태극마크를 달았지만
국제무대에 나가서 대부분 예선 탈락했고
본선에 나간 두 번도 64강에서 미끄러졌다
세계랭킹 174위로 광저우 아시안게임에선

단체전 멤버에서도 제외되는 수모를 겪었다

그래도 좌절하거나 포기하지 않았다
큰 그릇은 수많은 눈물과 좌절의 고통을
먹으며 만들어지듯 스스로 할 수 있다는
믿음을 갖고 남몰래 흐르는 눈물을
담금질로 여기며 남들이 말하는 기적을 준비했다

2011년 3월 모스크바 그랑프리에서
세계랭킹 10위권을 차례대로 꺾는
파란을 일으키며 새로운 별로 떠올랐고
중국 톈진그랑프리와 이탈리아 블로냐 월드컵에서
8강에 오르며 세계랭킹도 11위로 뛰었다

2012년은 김지연의 해였다
오를레앙 그랑프리에서 동메달
월드컵에서 은메달을 따며
세계 사브르 랭킹 5위에 올랐고
런던올림픽에서 금메달을 목에 걸었다

준결승에서 올림픽 2연패를 달성한
마리엘 자구니스를 만나 5대 12까지 밀려
모든 사람들이 패배를 예상했지만
포기하지 않고 한 점 한 점 따라가
15대 13으로 역전승하는 기적을 만들었다

제가 미쳤나 봐요
라는 한마디로 가장 강한 선수들이 겨루는
올림픽에서 메달을 따려면 미쳐야 한다는
것을 땀과 집념으로 보여주었다

기적은 운이 아니라 실력이라는 것을
2013년 5월 시카고 월드컵에서 금메달
그해 6월 아시아선수권에서도 금메달
2014년 인천 아시안게임에서 은메달과
단체전 금메달로 입증했다

장난을 좋아하는 운명의 심술은
김지연을 그냥 놓아두지 않았다
2015년에 찾아온 골반부상으로 1년 9개월을
슬럼프에 빠져 시달렸다

도쿄올림픽을 앞두고도 시련을 겪었다
2020년 2월 18일, 아킬레스건 완전파열로
수술대에 올랐다 올림픽에 나갈 수 없다는
사형선고에 눈물이 펑펑 쏟아졌다

울면서 혼잣말로 외쳤다
"할 수 있다 화이팅!"

우여곡절 끝에 참가한 도쿄올림픽

개인전 16강에서 마리엘 자구니스에게 진 뒤
이를 악물고 마음을 다잡았다
후배들과 단체전에서 메달을 따자고,

도쿄로 떠나면서
스릴 넘치는 사브르의 매력을 보여주겠다며
스스로와 국민들에게 다짐한 약속을
반드시 지켜야 한다고,

즐거움 뒤에는 슬픔이 오고
고통을 이겨낸 뒤에는
더 큰 기쁨을 얻는다고,

진정으로 울 수 있는 사람이
진짜 강한 사람이라고….

입자물리학 '충돌의 여왕' 별명 얻은 물리학자
김영기

그의 별명은 충돌의 여왕이다
동서남북과 전후좌우를 알지 못하고
이리저리 마구 부딪치는 좌충우돌이 아니라
눈에 보이지 않는 입자를 가속기로
속도를 높여 엄청난 힘으로 부딪치게 하는
이로운 충돌, 아름다운 부딪침을 일으키는
우아한 충돌로 우주의 비밀을 캐는 여왕이다

그는 양파 껍질을 까는 명수다
한 겹 한 겹 벗겨 양파의 속을 알아가듯
원자 껍질을 수없이 되풀이해 벗긴다
톰슨이 19세기 말에 전자를 발견한 이후
원자 핵 안에 무엇이 있는지를 찾아
날마다 달마다 삼십년 넘게
양파 껍질 까기를 계속하고 있다

양파 까기에는 끝이 있지만
원자 껍질 까기는 언제 끝날지
과연 끝이 있기는 한 것인지
아직 알 수 없다는 차이가 있을 뿐,

김영기 시카고대 물리학과 교수는
아이들 바지 저고리 만들어 주던
정성스러운 바늘땀보다 더 세심한
마음으로 껍질을 까고 들여다본다

보였다, 눈으로는 바라볼 수 없는
신이 만들어 놓은 그 신비로운 세계가
주사위 놀이 하지 않는 오묘한 질서가

쉽지 않은 길이었다
시골에서 자란 여성이
금녀의 성으로 여겨지며
용어만 들어도 고개를 돌리던 물리학,

그 물리학 가운데서도 가장 어렵고
물질의 창조과정을 밝히는 최첨단 입자물리학에서
당당히 선두그룹을 자지해
여성은 수학과 논리에 약하다는
선입견을 깨 버리는 멋진 대한인,

UC버클리대에서 의대생 310명 앞에서
강의를 시작하니 교수는 어디 있느냐는
질문을 받고 키가 작아 칠판의 절반밖에
사용할 수 없었을 정도로

동양인 여성으로 활동하며 겪었을 어려움은
아직 물이 반이나 남았다는 긍정적이고
적극적인 태도로 안 좋은 것은 금세 잊고
앞을 향해 나아가며 나를 돕고 마음을
나누는 사람과 함께 이겨냈다

우리가 모르는 우주의 비밀을 알려면
내가 아는 것의 한계를 인정하고
남이 아는 것의 협력을 받아야 하듯
여성과 남성, 동양인과 서양인을 나누지 않고
다양한 문화와 생각을 자유롭게 표현하며
다른 것에 대해 치열하게 토론할 때
원자 껍질 까기는 보다 빨리 보다
정확하게 이뤄질 것이라는 믿음으로

내가 알고 있는 것을 설명하고
다른 사람들의 지식과 견주며 토론하면서
까마득한 것을 알아가는 즐거움을 느끼며
진득진득하게 연구하면 간절히 원하던 것이
뜻하지 않은 순간에 문득 찾아오는
짜릿함에 행복을 쌓아 가며

연꽃이 진흙탕에서 피듯이
훌륭한 연구 성과도 피땀을 쏟는
고통 속에서 나온다는 말은

많은 시간과 노력이 필요하다는 점에서
반쯤만 맞을 뿐,
영감을 주는 환경과 행복한 마음가짐이
더 멋진 연구결과를 만든다는
가르침을 함께 배우고 서로 나눈다

사과 과수원을 하는 시골에서
아들과 딸에게 동등한 교육 기회를 주었던
어머니의 은혜를 이휘소 강주상의 정신으로 이어
물리학과 건물에 들어설 때
가기 싫은 데 억지로 가는 곳 보다
가보고 싶은 곳으로 바꾸는
큰일을 즐겁게 한다

양파를 더 이상 벗길 수 없어
깊숙이 감췄던 비밀을 속속들이 알 수 있듯
원자 껍질 벗기기도 언젠간 끝이 나고
그 속에 무엇이 있는지를 확인하는
그 사람이 반드시 올 것이라는 것을 믿으며….

뇌성마비 이겨낸 도쿄패럴림픽 금메달리스트

최예진

눈물을 아끼지 않았다
눈물이 흐르는지도 몰랐다
눈물은 저절로 넘쳐흘렀을 뿐
눈물은 땀보다 짜지 않은
승리의 기쁨이었다

그것은 바로 인간 승리였다
말과 행동이 자유롭지 못한
뇌성마비라는 장애에 꺾이지 않고
2020 도쿄패럴림픽 보치아에서
정호원 김한수와 함께 금메달을 목에 건
최 예 진!

그는 끝까지 흔들리지 않았고
이길 수 있다는 믿음으로
오로지 공 굴리는 데만 온 정신을 기울여
패럴림픽 단체 9연패 달성을 이끌었다

결과는 간단했지만
과정은 풀기 매우 까다로운 고차방정식이었다

2엔드까지 4대 0으로 앞서다
4엔드에서 4대 4 동점으로 몰리며
역전패 당할지도 모른다는 심리에 쫓길 때

연습한대로 해야 하는 평정심을 되찾는 게
절실할 때, 그는 바로 그때
최 예 진은
자신과의 싸움에서 끝내 이겼고
손에 짬을 쥐게 하는 드라마를
해피엔딩의 눈물바다로 만들었다

혼자 한 것은 아니었다
멀리서는 이길 수 있다는
배달겨레의 뜨거운 응원이 울렸고
가깝게는 함께 싸운 정호운 김한수의
보이지 않는 응원이 있었다

더 가깝게는 13년 동안 모든 것을 버리고
지원해 준 어머니의 믿는다는 미소가,
28년 동안 운영하던 에어로빅체육관을 닫고
파트너로 참여해준 어머니의 미소가 함께 했다
아빠와 여동생이 보내 준 헌신적 눈물도 보였다

오직 연습만이 살 길이었다
주말에도 학교에 나가 연습했고

겨울에 체육관 난방이 안 나와 발에 동상 걸려도
밤에 불을 안 켜주면 이마에 랜턴을 달고서라도
연습을 거르지 않았다

밤낮과 계절을 가리지 않고
호흡을 맞춘 엄마와 딸은
가르쳐 주는 선생님이 없어 처음부터
영상을 보고 눈빛으로 위로하며
오로지 연습에서 탈출구를 찾았다

뜨거운 열정과 끝없는 노력에
하늘도 아름다운 선물로 화답했다
2012런던패럴림픽 개인전에서 금메달을
2016리우패럴림픽 개인전에서 은메달을
2020도쿄패럴림픽 폐어에서 금메달을
따, 3개 대회 연속 메달을 목에 걸었다

1988년 서울패럴림픽 때 처음 도입된 뒤
아홉 차례 내리 우승하는 기적을 만들며
여자양궁 단체팀의 올림픽 9연패에 장단 맞춰
장애는 장애일 뿐이라는 것을 확실히 보여주었다

선수들은 오로지 이길 것만 생각했고
시청자들은 반드시 이겨야 한다고 응원했고
파트너와 코치들은 이길 수 있게 도왔다

모두가 한마음 한뜻으로
도쿄 아리아케 체조경기장에
태극기를 가장 높게 휘날렸다

이번이 마지막이라는 절실함이
코로나에 시달리는 정상인들에게
영차! 영차! 여영차~ 하며
다시 시작하는 힘을 듬뿍 실어 주었다

남들이 보지 않는 그늘진 곳에서
남들의 가슴을 활짝 열어 주는
멋진 꽃이 되었다.

미 예일대 '312년 금녀의 벽' 깬 첫 여성 종신교수

오 희

서둘러 빨리 간다고
일찍 도착하는 것은 아니었다

그 나이에 해야만 하는 옳은 일을 하면서
그 나이에 주어진 사명을 오롯이 받아들여
비록 한 해 늦더라도 떳떳하게 가슴 펴고
가야 하는 이유 명확하게 밝히고 가는 게
훨씬 빠르게 다다르는 올바른 길이었다

민중을 위해 옳은 길을 가고자 합니다
저를 자랑스러운 제자로 여겨 주세요
그의 애틋한 하소연은 받아들여지지 않았고
수학 지진아란 수모를 참으며 일 년 더
한 숨 죽이며 한 담금질이 큰 힘 되었다

총학생회에서 노동분과장으로 활동하다
정답 없는 사회과학이 적성에 맞지 않아
언제나 답이 있는 수학으로 다시 돌아왔다
열심히가 재능보다 낫다고 굳게 믿었고
아픈 만큼 더 크고 고통만큼 더 성숙해졌다

여자는 수학에 약하다는 편견과

한국인은 수학이 뒤진다는 선입견,
못된 두 마리 견을 깨워 쫓아내려고
예일대학교에서 수학박사가 되었고
혼자 외로운 도장道場 깨기에 나섰다

뜻이 있는 곳에 길이 있었다
벽은 새 역사를 만들기 위한 디딤돌이었다
프린스턴 MIT 브라운 대학교 교수를 거쳐
열일곱 해가 흐른 뒤 예일대로 돌아왔다
312년 역사에서 첫 여성 종신교수였다

수학문제를 푸는 것은
캄캄한 어둠 속을 더듬더듬 헤매다
스위치를 올려 불을 켜면 그 공간이 매우
질서정연하고 아름답다는 것을 깨닫는 과정이라는 것
깨달아 다다른 첫 번째 정상이었다

수학이란 큰 산엔 봉우리가 많았다
어둠 속에서 마주친 관문 하나하나가
스위치를 찾는 데 중요한 역할을 하고
처음엔 아무런 질서도 없는 것 같지만
모든 수학문제는 위대한 예술작품처럼
아름다운 구조를 갖고 있다는 것을
실마리 삼아 더욱 채찍질 했다

예일대 종신교수 되고 두 해 뒤 새터 상을 받았다

한국인으로 처음이었고 5000 달러는 보너스였고
사이먼스펠로십 구겐하임펠로십 호암과학상이 뒤따랐다
2021년 2월에는 미국수학학회 부회장으로 취임하니
코로나로 우울하던 배달겨레에 준 큰 선물이었다

그것은 흔들리지 않는 군센 믿음이었다
자신감이 부족하고 스스로를 낮게 여겨
야망이 없는 한국인들에게 주는 신뢰,
닮고 싶은 여자 수학자가 되어
자신감을 갖도록 도움 되겠다는 믿음이었다

그것은 세종대왕 이후 쪼그라들기만 했던
수학을 부흥시키기 위한 커다란 한 걸음이었다
권투 탁구 골프 야구 축구 스케이팅 같은 스포츠에서
성악 피아노 바이올린 영화 소설 K팝 등의 문화를 거쳐
수학을 주춧돌로 의학 자연 인문 사회과학으로 이어지는
문화강국으로 부상하는 용트림이었다

아직 발견하지 못한
수학의 답을 찾는 구도의 길을
서두르지 않으면서도 빨리 가는
불속이달不速而達이었다

4장, 대한민국의 새로운 미래를 연다

한국인 첫 노벨의학상 1순위, 과학 하는 교수

김빛내리

홀륭한 사람이 되어 세상에 빛을 비추라는
부모님의 간절한 소망이 들어 있는
이름은 힘든 여성과학자의 길을 밝혀 주는
든든한 등불이 되었다

교육자이시던 부모님 덕분에
집안에 많았던 책을 자연스럽게 많이 읽은 게
과학자로서 상상력을 펴는 데 거름이 되었고
고등학교 1학년 때 우연히 읽은
과학사라는 책이 과학자의 길로 자연스럽게 이끌었다

IMF 외환위기로 온 국민이 허리띠를 졸라맸을 때
영국 옥스퍼드대학교에서 생화학 박사학위를 따고
귀국해 결혼하고 바로 아이가 생겼다
좋은 일이 잇따르면 질투의 신이 심술부리는 걸까
아이를 낳고 1년 반 동안 전업주부를 하다 보니
과학자의 삶을 이어갈 자신감이 줄어들었고,

과학을 너무 하고 싶은데
일할 연구소도 구하지 못하고
읽을 저널을 갖춘 도서관도 없어
성차별 없는 고시를 하는 게 어떻겠냐는

남편의 권유로 혹시나 하며 법전을 잡았다

한때의 흔들림은
더 굳은 믿음을 갖게 한 스승이었다
희망을 잃고 마지못해 잡았던 법전에
흥미를 전혀 느낄 수 없었고
수험서 글자는 들어오지 않는 대신
연구소에서 실험하는 갈망이 더욱 커져
과학의 길로 다시 돌아왔다

그이와 시어머니가 일등 공신이었다
그이는 박사 후 연구과정을 권했고
시어머니는 미국에서 연구하는 2년 동안
선뜻 아이를 맡아 돌봐주었다

연구비와 시간이 늘 부족했듯
여성과학자의 길은 언제나 위험으로 가득 차 있었다
서른여덟 살에 위암진단을 받은 뒤
하늘이 무너질 듯 놀라기도 했고
연구비가 부족해 2억 원이나 빚지기도 했다

힘든 일을 잘 견뎌내면 좋은 일이 오게 마련이었다

하루하루가 너무 힘들 때마다
포기할 때 포기하더라도 버텨보자며
마지막의 마지막까지 최선을 다 하니
웃을 일이 하나씩 하나씩 늘어갔다

서른아홉 살에 '여성과학계의 노벨상'이라 불리는
'로레알—유네스코 세계 여성 과학자상'을 받았고
마흔 살에 키 크는 유전자와
암세포의 성장과 사멸을 조절하는 miRNA를 발견했다

'네이처'와 '셀' 같은 권위지의 편집위원이 됐고
마흔네 살에는 한국과학자로는 처음으로
유럽분자생물학기구(EMBO) 회원으로 선출됐으며
이듬해에는 미국 국립과학아카데미 회원도 됐다

중국 우한武漢에서 코로나19가 발생해
전 세계가 팬데믹 공포에 빠져들었을 때
코로나 바이러스의 RNA전사체를 세계 최초로
분석해 내고 공개해 코로나 진단시약과
치료제 개발에 결정적으로 기여했다

2021년 6월엔 영국 왕립학회 회원으로 선정됐다
1660년 런던에서 창립돼
아이작 뉴턴 찰스 다윈 알베르트 아인슈타인 등과
노벨상을 받은 280여명이 활동한 왕립학회 회원은
노벨상에 한 발 성큼 다가섰다

그것은 포기하지 않는 끈기와
실패해도 크게 실망하지 않는 긍정적 성격 덕분이었다
연구자에게 실패는 오랜 친구,
실패할 때마다 새로운 무엇인가를 배웠다는 생각으로
좌절이 아니라 새로운 희망과 새로운 도전으로 삼았다

과학자가 되는 데는 천재적인 머리가 아니라
무언가를 궁금해 하는 호기심과 그 호기심을
연구로 연결할 수 있는 끈질긴 노력과
멈추지 않는 상상력이 있으면 된다

여학생들이여 과학자 길을 걸어보라
출산과 육아가 연구와 양립하기 어렵지만
불가능한 것만도 아니다

많은 노력이 필요한 20, 30대가
어렵다고 포기해서는 안된다
정말 연구를 좋아한다는 확신만 있다면
슈퍼우먼 콤플렉스에서 벗어나라*

앞으로 30년 쯤 더 연구를 한 뒤
다시 태어난다면 여자과학자의 길을
또 걸을 것임을 즐거워하라

*김빛내리,「생명의 신비를 조절하는 miRNA에 매혹되다」, 김빛내리 외,
『과학 하는 여자들』, 13~45쪽 내용을 많이 인용했다.

첫 월급 모두 기부한 최연소 국가대표 탁구신동

신유빈

이를 악물었다
'지옥의 볼 박스'를 눈물로 악착같이 버텼다
지치고 힘들 때마다 BTS 노래로 달랬다
'선발전 1등이 아니면 안 간다'며 독하게 다짐했다
"협회 추천 없이 올림픽에 못 간다"'는 말이 자극제였다
여섯 명이 겨룬 결과 9승 1패로 1등을 차지했다
열일곱 살에 최연소 올림픽 출전권을 당당히 따냈다
도하 월드테이블테이스 복식에서도 우승했다
열다섯 살 전에 최연소 태극마크 단 지 2년 뒤였다

신동은 하늘이 내린 게 아니라
스스로 훈련해서 만든 것이었다
다섯 살에 라켓을 잡았다
아빠가 운영하는 탁구장에서
엄마 아빠 언니가 탁구 치는 모습을 보고
손님들과 놀이 삼아 자연스럽게 시작했다

최연소 기록에 우쭐하지 않았다
그의 머릿속은 고쳐야 할 게 가득하다
세계의 높은 벽을 깨고 넘으려면
공격력을 좀 더 올리고

상대 서비스 받는 능력도 보완하고
머리 수 싸움 하는 것과
경험도 더 쌓아야 한다··

탁구신동의 마음은 천사였다
좋아하는 탁구를 더 잘 하고 싶어서
고등학교 대신 실업행을 선택한 뒤
첫 월급을 모두 기부하겠다고 약속했다
열혈 팬인 방탄소년단(BTS)처럼
선한 영향력을 나누는 선수가 되려고,

경기도 수원시 장안구 '꿈을 키우는 집'에
2020년 7월13일 오후 1시 환호성이 울렸다
열여섯 살 신유빈이 첫 월급으로
운동화 쉰 세 켤레를 사 들고 찾았다

어릴 때 아빠와 마루에 누워
나중에 돈 벌면 기부하자고 했던 얘기,
돈은 먹고 살 정도만 있으면 된다고
배운 것처럼 많이많이 나누며 살기 위해
자신이 나고 자라며 여기까지 오도록 도운

수원의 어린이들이 마음껏 뛰어 놀 수 있도록…

기부천사 탁구신동은 여전히 배가 고프다
도쿄올림픽에서 금메달을 꿈꾸었다
첫 출전이라 떨릴 수도 있겠지만
연습했던 거 후회 없이 보여주면서
메달을 따겠다며 눈빛을 빛냈다

올림픽 금메달을 따면 혹시나
BTS 오빠들 만날까 하는 기대와
세계에서 제일 잘 하는 선수가 되는 도전,
침과 주사 맞는 게 아직도 무서워
다치지 않는다는 수줍고 수줍은 소녀의
부푼 꿈은 세계의 높은 벽에 부딪쳐
무산됐지만 그게 끝은 아니었다

리우올림픽에서 노메달을 썼고
사십팔 년 전 사라예보에서 온
기적의 승전보를 울리겠다는 다짐은
3년 뒤 프랑스 올림픽으로 미뤄 예약했다

우울증 이겨내고 음악치료에 나서다

박지혜

툭!
하고 바이올린 현이 끊어졌다
느닷없는 돌발 상황이 벌어졌는데도
그는 당황하지 않았다

이백여든여섯 살 된 과르니에리가
더위에 피곤했나 보다며 웃음 짓고
현을 갈고 나와 아무런 일 없었다는 듯
나머지 곡을 더 열정적으로 연주했다

십여 년 전 국제콩쿠르에서 바흐의
'무반주 바이올린을 위한 소나타와 파르티타'를
연주하다 갑자기 손이 멈추고 음을 잊어버려
캄캄한 어둠 속에 내동댕이쳐지는 블랙아웃을
겪었을 때와는 완전히 다른 모습이었다

한 때 심각한 우울증을 앓으면서
교통사고나 불치의 병이 아니라
마음의 병으로도 죽음에 이를 수 있다는
사실을 뼈저리게 느끼며

삶보다 죽음이 더 가까웠던 경험이
무대 위 돌발 상황을 재치 있게 넘기고
청중들의 박수를 이끌어내는 여유를 주었고,

캘리포니아 롱비치 TED 강연장에서
세계 최정상 기업의 CEO와 노벨상 수상자,
그리고 할리우드 영화배우들의 앞에서
자신의 우울증 경험을 털어놓으며
열정적인 비발디의 여름과 쇼팽의 녹턴,
헨델의 사라방드로 그들의 마음을
빼앗았던 것도 한결 느긋함을 즐기게 했다

그는 확실히 다름을 보여주었다
바이올린을 연주한다고 해서
모두 똑같은 바이올리니스트가 아니라는 걸,

연주하기 전이나 중간 중간에
자기가 연주할 곡에 대해 자세히 설명해
클래식의 벽을 낮추고 공감을 이끌어 낸다는 걸

독일 정부가 국보급 바이올린인
'과르니에리'를 평생 임대해 주고
미국 카네기홀에서 독주할 정도로
세계에서 천재로 통하는 바이올리니스트로서
병원과 교도소, 교회와 나병환자 격리소 등,

장소를 가리지 않고 찾아다니며
위로와 치유의 음악을 연주한다는 걸

끊임없는 도전이 그의 삶이었다
연습실이 없어 카를스루 숲속에서 연습하고
바이올린을 얻으려 악기장학콩쿠르에 참여하고
자신을 위해 스스로의 삶을 포기한
엄마의 삶을 되찾아주기 위해
스승의 만류를 제치고 국제콩쿠르에 자꾸 나갔다

연습시간을 늘리려고 분초를 다퉜고
현을 누르는 왼손 손가락이 모두 문드러졌어도
멈추지 않았다, 이뤄야 할 꿈이 뚜렷했기에,
클래식의 변방인 한국 사람이
클래식의 중심인 독일에서 성공하기 위해,
나를 죽이지 못하는 고통이 나를 더 강하게 만들 뿐
이라는 니체의 말을 스승으로 삼았다

클래식으로 이름을 날린 뒤 도전은
록과 클래식를 조화시키는 것이었다
유니버셜 뮤직의 제안으로
비발디의 사계와 헨델의 사라방드,
파헬벨의 캐논과 비탈리의 샤콘을
록으로 편곡해 음반, '바로크 인 록'을 내
골든디스크를 만들었다

그의 도전은 아리랑 편곡으로 이어졌다
독일에서 태어나 자라고 공부하는 동안
독일 사람들이 한국을 잘 모른다는 것을
뼈저리게 느끼고, 대한민국을 알리려고

가장 서양적인 악기인 바이올린으로
가장 한국적인 음악인 아리랑을 통해
가장 박지혜다운 음악, '지혜 아리랑'을 만들었다

그는 '지혜 아리랑'을 독도 정상에서 연주했고,
베를린 필하모닉 콘서트홀에서
뉴욕 링컨센터와 평양극장에서
'평화콘서트투어'를 열어
지혜 아리랑을 연주할 꿈을 꾸고 있다

코로나는 그의 새로운 도전을 자극했다
사람이 사람 만나기를 꺼리고
관중과 함께 하는 무대가 사라진 나날,
코로나우울증을 이겨내기 위해
AI로 '베토벤 바이올린 협주곡 11번'을
작곡해, 베토벤을 이백년 만에 되살려 놓았다

그의 진정한 도전과 진짜 삶의 이야기는
앞으로도 계속 이어질 것이다
그의 삶 가장 어두웠던 순간이 지난 후에도

그의 삶이 계속되었듯, 그의 삶 가장 빛나는
순간이 지난 뒤에도 그의 삶이 계속될 것이기에,

대한민국의 자랑스러운 젊은이로서
세계적인 천재 바이올리니스트로서
4차 산업혁명 시대에 AI를 활용한 작곡가로서
다음 세대를 짊어질 꿈나무들의 본보기로서
'아이바이올리너'가 되기 위해….

사상 첫 '올림픽 양궁 3관왕'을 쏘다
안 산

기록은 깨지게 마련이고
스타는 새롭게 탄생하게 돼 있다

한국사회의 고질병인
학연 연줄 전관예우를 차단하고
오로지 실력으로만 올림픽대표를 뽑는
한국양궁협회의 철저한 '삼무유실' 원칙이
도쿄올림픽에서 '막내의 승리'와
여자 단체전 9연패의 대기록을 만들어 냈다

도쿄 유메노시마 양궁장에서
안산과 김제덕은 첫 세트를 내주고도
전혀 기죽지도, 당황하지도 않으며
자신들의 실력을 믿어 5대 3으로
대역전 드라마를 펼쳤다

우리의 추락을 10점으로 막았고
상대의 희망을 9점으로 쐐기 박았다
그 어떤 바람에도 흔들리지 않는다는 것은
이름을 산으로 지은 심모원려深謀遠慮,
산보다 더 믿음직한 모습으로

한 발 한 발 시위를 당겼다

내가 흔들릴 때는 동생이 잡아주고
동생이 불안할 때는 내가 언덕이 되었다
나는 산처럼 조용히 혼잣말로 긴장을 이기고
동생은 물처럼 끊임없는 파이팅으로 두려움을 풀어
사상 첫 남녀혼성 금메달을 거머쥐었다

코로나와 무더위에 지친 배달민족은
바로 다음 날 안산과 강채영 장민희가
여자 단체전에서 또 금메달을 따
신궁의 나라임을 뿌듯하게 즐겼다

시작은 아주 자그마하게 시작됐다
광주 문산초등학교 3학년 때
남자만 있는 양궁부에 찾아가
당차게 활을 쏘고 싶다고 했고
그의 끼를 알아본 노슬기 코치는
눈앞의 무한경쟁에서 한 발 떨어져
기초훈련에 집중하도록 틈을 마련해 주었다

늦게 시작했다고
당장 시합에서 좋은 성적을 내지 못했다고
초조해 하지도 않고 닦달하지도 않은
올바른 판단은 5년 뒤부터 멋진 열매를 맺었다

무슨 일이 있어도 푹 잠드는 단잠과
집에서 책을 읽거나 영화를 보내는 것이
큰 경기할 때 사선射線에서
긴장을 늦추고 집중할 수 있게 해 주었다

그렇게 두둑한 배짱이
올림픽에 처음 출전하는 막내임에도
첫날 랭킹라운드에서 680점으로
참가 선수 64명 중 1위이자
올림픽기록을 25년 만에 갈아치우며
금메달을 일찌감치 예고했다

올림픽에서 처음으로 도입된
양궁남녀혼성팀에서 첫 금메달을 딴
안산과 김제덕은 과녁 중심에
사인을 넣어 영구히 보존되는
보너스까지 챙겼다

올림픽 2관왕은 시작일 뿐이었다
여자 개인전에서 금메달을 따

대한민국 하계 올림픽 사상 첫
3관왕을 차지하는 기염을 토했다

안산에 아직 안 가봤다고
너스레를 떠는 스무 살 젊은이는
김수녕에서 장혜진으로 이어진
태극낭자의 신궁 계보를
확실하고도 길게 이어갈 준비를 마쳤다

비싸게 배운 의술, 공짜로 남 주다
최영아

비 오는 길바닥에 주저앉아
빗물과 함께 식판에 담긴 밥을 먹는
사람들을 보면서, 정말 말로 표현할 수 없는
고통을 느낀, 의예과 2학년의 삶이 송두리째 바뀌었다

저분들도 인간인데
어떻게 이 도시 한복판에서
저런 모습으로, 단지 배고픔을 면하기 위해
이런 방식으로 살 수 있을까
저런 분들이 바로 의사가 필요한 사람이라는
생각이 20년 동안 노숙인 무료의료봉사에 나서게 했다

1995년 이화여대 의대를 졸업하고
2001년 내과전문의 자격증을 땄다
다른 과들은 수술이 많아 노숙인들을
자주 많이 만나기 힘들 것으로 여겨
그들을 정기적으로,
지속적으로 만나기 위해서,

청량리 다일천사병원 의무원장부터
서울서북병원 내과의사로 옮길 때까지

17년 동안 노숙인을 위해 무료봉사에 나섰다

대학병원이 제의한 스카우트도 물리치고
의사로서, 가장 힘들고 어려운 사람을
먼저 치료하고 싶었던, 젊은 날의 다짐을
어려움에 떨고 있는 노숙인과 함께 지켰다

노숙인도 한때는 누군가의 아버지였고
누군가의 자식이었으니, 서로 존중하고
더불어 살아가는 이웃으로 받아들이기 위해
험하고 험한 길을 스스로 만들며 걸었다

가족관계가 무너지고 인간관계가 단절되며
노숙으로 내몰리고 있는 사람들을 만나면서
사람은 결코 혼자 살 수 없으며
사람의 상처는 사람과의 관계를 통해 치유된다는
것을, 노숙자들과 몸으로 부딪쳐 깨달으며

'쪽방촌의 슈바이처'로 불리던
고 선우경식 원장에게서
육체적 질병 너머에 있는 마음의 상처를

'길 위의 의사'로서
어떻게 보듬어야 하는지를 배웠다

코로나가 대한민국을 얼어붙게 했을 때는
코로나병동 전담주치의가 되겠다고 손을 들었다
한국 사람은 물론 전 세계를 떨게 하는
코로나가 과연 어떤 병인지 알아보려고
노숙인 의료봉사에 나설 때의 초심으로
선택했고, 문득 깨달았다

노숙인들은 코로나 감염자가 거의 없다는 사실을
소외계층이 전염병에 취약하다는 상식과 달리
노숙인들은 늘 혼자 밥을 먹고
다른 사람과 접촉하지 않아서라는 이유보다는
삶에 대해 다시 되돌아보는 스승으로 삼았다

하루 한 달도 아니고 한 해 십년도 아니라
이십년 넘는 세월을 의료 봉사한 것은
댓가를 바라고 한 것은 아니었으되
좋은 일을 하니 멋진 명예가 따라왔다

서울시에서 하정청백리상 대상을 받았고
자랑스러운 이화인으로 선정됐으며
라이나전성기재단의 라이나50+어워즈에서
사회공헌상으로 1억원을 받았다

덕은 외롭지 않아 반드시 이웃이 있게 마련이었다

그의 길은
길 위의 의사, 노숙자 슈바이처로
끝나는 게 아니라
할 일이 더 남아 있다
노숙인에게 집을 만들어 주고
일자리도 제공하는 바로 그 일!

집과 일자리 없이 진료만 해서는
무료 진료소를 회전문처럼 오가며
노숙인 생활에서 벗어날 수 없다는 사실을
21년 동안의 경험에서 뼈저리게 깨달았고

노숙인은 집이 없는 하우스리스가 아니라
가족이 없는 홈리스로서 가족은 물론
다른 사람들과 허물어진 인간관계를
다시 맺도록 하는 게 노숙인들이
건강하게 살아가도록 하는 지름길이란 것을
현실로 만드는 바로 그 일!

그분의 이끎에 따라
내가 좋아서 한 일이지만
나 혼자서 한 것은 아니었다

재정적으로, 의료적으로
무엇보다 가정적으로 힘써 도와준
남편의 지지가 가장 큰 힘이 되었다

엄마에 대한 그리움을 참으며
잘 크고 있는 두 아이의 말없는 지원도
의료봉사의 길을 계속 가도록
발걸음을 가볍게 해 주고 있다

지단과 메시를 합한 '지메시'로 불리다

지소연

풀이 잘 자라지 않는 불모지라고
언제까지나 불모지로 남으라는 법은 없다
산들산들 봄바람에 꽃씨 살랑 날아와
단비 맞으면 싹이 트고 예쁜 꽃
아름답게 웃는다
불모지는 꽃밭이 되고,

그 꽃이 피기 전까지
불모지나 다름없던 한국 여자축구가
살아 움직이기 시작했다

하늘에서 받은 재능에다
연습벌레의 정성이 더해져
그 꽃은 세계적인 별이 되었고,

가지 않은 길은 멀고 험했지만
멀고 험할수록 헤쳐 나아가는 기쁨은 컸다
첫과 최초를 만들어 내며
지단과 메시를 합한 지메시로서
한국과 세계 여자축구역사를 새로 쓰고 있다

그가 적진으로 파고들 때는
막아서는 선수가 무안할 정도로
힘들이지 않고 쉽게 돌파해
골을 넣고

망원경 같은 넓은 시야로
동료 선수들이 공격하기 좋은
길을 열어준다

영국의 첼시위민에 입단한 2014년부터
10개의 우승 트로피를 번쩍 들어올렸다
손흥민이 아직 들어 올리지 못한 우승컵을,

늘 즐거움만 있는 것은 아니었다
도쿄올림픽 본선 진출권을 놓고
중국과 벌인 최종예선 플레이오프
1,2차전에서 3대 4로 패해
첫 올림픽행이 좌절됐고

잉글랜드 여자슈퍼리그에서
우승한 여세를 몰아
여자유럽축구 챔피언리그 결승전에 나섰지만
바로셀로나 페메니에 완패했다

축구는 그에게 눈물이었다

볼모지를 꽃밭으로 바꾼 꽃은
그냥 핀 것이 아니었다

축구하는 것을 심하게 반대했던 아버지는
딸의 축구 유니폼을 찢어버리기도 했고
어머니와 자주 다투다 결국 갈라섰다
축구를 포기했으면 부모가 함께 살았을까…

어려운 살림살이에 축구할 수 있도록 돌봐준
엄마에게 찜질방 달린 집을 사주고 싶다는
그의 바람은 바람이 되어 오늘도
그라운드의 적막을 깨며 쌩쌩 달린다

남자 축구와
여자 농구 및 여자 배구에 비해
아직 인기가 낮아 스포트라이트를
적게 받아 섭섭하지만
섭섭함을 거름으로 삼아
더 활짝 웃는 꽃밭을 향해
행복하고 멋진 여자축구를 위해….

헤밍웨이와 브레히트도 판소리로 부르는 소리꾼
이자람

1952년 멕시코만 바닷가 마을
남녀노소 할 것 없이 모두 햇볕에
새카맣게 그을려 있는데
늙은 어부 산티아고의 새까맸던 머리카락도
세월 따라 허옇게 변했고…

헤밍웨이의 소설 〈노인과 바다〉가
판소리로 거듭났다
전혀 어울릴 것 같지 않은 조합처럼 보여도
이자람의 손을 거치면
가장 멋들어진 한마당이 펼쳐진다

남미 문학의 거장 마르케스의 단편소설
〈대통령 각하, 즐거운 여행을〉도
그의 머리와 가슴을 통해 90분 동안
〈이방인의 노래〉로 거듭났다

전직 대통령과 앰뷸런스 운전기사인
오메로-라사라 부부가 제네바에서
우연히 만나 펼쳐지는 드라마틱한 스토리가
오로지 고수와 기타리스트만의 도움으로

관객의 시간을 빼앗고 추임새를 저절로 살렸다

사람과 사람이 소통할 수 있는 것이면
그 어느 것이든 판소리로 만들어
새로운 맛을 만들어 내는
특급 음악 요리사의 깜놀 출현이다

세계적인 문학작품을
한국의 전통 중에 전통인 판소리와
융합시켜 세계 사람들을 놀라게 한 것은
브레히트의 〈사천의 선인善人〉을
판소리 〈사천가〉로 만든 2007년부터였다

한복 치마에 양복 저고리를 입고
부채 하나만 달랑 들고서
남자와 여자, 선과 악, 그리고 신神까지
열다섯 사람의 다양한 삶의 이야기를
혼자서 관객들의 가슴에 심었다

마음씨 고운 착한 사람들의 설움과
그런 서러움을 만들어 내는 더러운 현실에서도
무조건 착하게 살아야 한다는 가르침을
가장 한국적인 판소리로
가장 깊고 가장 넓게
세계 사람들을 흔들어 놓았다

판소리의 변주는 끝없이 이어지고 있다
조선말에 빼어난 바느질 솜씨를 갖고 있던
삼월이가 우연히 프랑스 신부 앙드레를 만나
빼어난 패션디자이너로 화려하게 변신하는
〈조선의 패션디자이너 앙드레 삼월이〉,

브레히트의 희곡 〈억척어멈과 자식들〉을
사천시에 살던 뚱뚱한 처녀 순덕의
억척스런 삶의 이야기로 탈바꿈해
프랑스 브라질 등에서 호평 받아
판소리의 세계화에 기여한 〈억척가〉,

이자람의 변주는 판소리로 끝나지 않는다
작사 작곡 연기 연출 음악감독에 이어
아마도이자람밴드의 보컬에 이르기까지
그를 거치면 모든 것이 음악으로,
예술로 거듭나는 마술이 연출된다

8시간짜리 판소리 춘향가를
스무 살에 완창해 최연소 기네스북에 오른 것은
새로운 도전의 실마리가 풀린 것이었다

'사천가' '억척가'를 새로 작곡한 당찬 20대를 지나
'서편제' '도리안 그레이의 초상'으로 30대를 익혔고
'노인과 바다'로 40대를 질주하고 있다

하루를 서른 시간 이상으로
바쁜 일정을 소화하면서도
소리연습은 게을리 하지 않는다

록밴드를 하다가 갑자기 명인이 나타나
적벽가 한 번 해보라고 주문하면
곧바로 판소리 모드로 바꾸어
98점은 받을 수 있도록 하기 위해서다

이 모든 것을 좋아서 하기 때문에
힘이 든다거나 스트레스가 쌓이지 않고
오히려 좋아하는 것을 즐겁게 하는 것이
보약이 되어 판소리를 현대화 하고
젊은이와 전 세계인이 함께 추임새 넣는
새 글로벌 스탠다드로 만들고 있다.

전통춤으로 백제문화 되살리는 춤을 추다
이유나

들아 노피곰 도드샤
어긔야 어리곰 비취오시라
어긔야 어강됴리
아으 다롱디리*

행상을 떠난 남편이 밤길에 다치지 않을까
염려되어 높은 언덕에 올라 먼 길을 바라보며
기다리는 아내의 애절함이 춤사위 타고
금동대향로의 봉황이 되어 훨훨 날아오르고

백제 때 구웠을 방울잔을 부딪치고 꺾는 손목에
굽히되 꺾이지 않는 백제여인의 삶이 펼쳐지고
본조아리랑에 맞춘 살풀이 수건으로 백제인의
얼과 한과 흥이 하나로 흐르고 합쳐지며

백제문화가 되살아난다
천 년 동안 동북아에서 화려하게 빛났던
백제문화가 천사백 년 동안의 잠을 깨고
백제를 그리는 춤,
백제연무百濟戀舞를 타고
사뿐사뿐 새 생명 얻는다

그것은 멋진 인연이었다
강원도 양구에서 태어나
경기도 수원에서 살다가
충청도 부여와 인연을 맺어
춤으로 백제 문화에 숨결을 불어넣었다

그것은 저절로 그렇게 되도록
하늘에서 만들어 놓은 소명이었다

화마火魔와 도적의 손아귀를 물리치고
땅 속에서 숨죽이고 있다가
때의 문이 열리자 기다렸다는 듯 모습 드러낸
무녕왕릉을 지키던 석수石獸와
능산리 천수답 진흙탕에서 염불을 끝내고
화려하게 날아오른 백제금동대향로를
하나의 춤사위로 묶어
잃고 잊힌 백제를 다시 살려내고 있다

춤은 희귀병을 이겨내고
새로운 삶을 살아갈 수 있도록 하는 힘이었다
옆으로 누워 잠들지도 못할 정도로
온 몸의 근육과 뼈의 통증에
사는 것을 포기하고 싶었을 때도
엎어지고 엎어지면서 춤을 추었다

저재 녀러신고요
어긔야 즌데를 드디욜세라
어긔야 어강됴리
아으 다롱디리*

사는 게 춤추는 것이었고
춤추는 것이 삶이었다
필리핀과 투르크메니스탄에 가서 춤추었고
지평 의병문화제와 여주 명성황후 추모제,
춤추는 곳이면 어디든 달려가
쌓인 응어리를 춤사위로 풀어냈다

춤으로 아쉬운 것은 시로 노래했다
시로 가다듬은 잔잔한 마음을
이야기가 있는 춤사위로 안무해
춤을 추면서 얻은 감흥을
시로 만들어 춤과 시의 깊이를 더했다

시적 상상력이 춤의 상상력으로 이어지고
상상력과 상상력이 모여
정읍사와 금동대향로를
아우르는 춤사위가 만들어졌다

코로나도 그녀의 춤 사랑을 막지 못했다
사회적 거리두기로 관람객과 함께

직접 숨결을 나누지 못해도
온라인을 통한 비대면 공연을 이어갔다

2021년 10월 1일 부여백제문화제에서
10월 10일 한성백제문화제 대백제전에서
10월 30일 부여예술제에서
백제연무를 추면서 백제여인으로 거듭났다

어느이다 노코사리
어귀야 내 가논데 점그롤세라
어귀야 어강됴리
아으 다롱디리*

*정읍사 가사

한국인 노벨문학상 한 발 다가서다

이민진

역사가 우릴 망쳐 놨지만 그래도 상관없다
억울하다고 잘못됐다고 한탄만 하는 건
과거에 발목 잡혀 역사의 노예가 되는 것

노예는 한恨만 있고 꿈과 내일이 없다
과거를 인정하고 이겨내야 자유로워지고
역사에서 자유로운 사람만이 꿈을 꾸고
꿈을 현실로 만들어 멋진 내일을 맞이한다

자유로운 한 사람이 꿈을 이루었다
아픈 역사의 멍에를 미래의 주춧돌로 삼았다
힘든 현실은 끝없는 상상력을 펼치는 누리가 되고
마주하는 벽에서 활짝 여는 문을 보았다

소설은 이리 쓸리고 저리 굴린 삶을 세운 힘이고
문학은 잊히고 뒤틀린 역사를 바로잡는 영향력이다
일곱 살 때 서울을 떠나 미국 뉴욕에 새 터전 잡은
그 사람, 이민진 작가가 힘과 영향력을 발휘했다
"당신들 모두를 한국인으로 만들기 위해서
『파친코』를 썼다"는 말은 유머로 포장한 진심이었다

미국에 사는 한국인이 일본에서 벌어지는

자이니치의 눈물 밥에서 피어난 웃음을,
30년 동안 머리와 가슴을 떠나지 않았던
대학 때 한 강연에서 들었던 그 내용을,
일본에서 한 한국계 중학생이 학교에서
동급생의 집단 괴롭힘에 투신자살한 사건을,
그 누구보다 순수해야 할 아이들이
민족성과 사회적 통념 때문에 벗마저
혐오할 수 있다는 충격을 담았다

쥐가 나오는 방 한 칸짜리 아파트에서
다섯 식구가 함께 살았던 가난한 추억을 가진
감수성 풍부한 소녀는 자살한 그 학생을
멍에로 지고 다니다 결국 파친코로 풀었다

로스쿨을 졸업하고 변호사로 성공한 삶을
B형간염으로 나빠진 간 덕분에 작가로
변신한 것은 하늘이 맡긴 소명이었다
일본계 남편을 따라 도쿄에 가서 산 것은
소명을 완수하라며 내린 운명이었다

언청이는 흠이 아니었다
모든 것 넓고 깊게 받아들이는 바다 닮은 맘
고통을 즐거움으로 곰삭히는 다이아몬드처럼
굳센 사는 힘 살리는 정성 살아가는 뜻 있어
하늘을 탓하지 않고 사람을 핑계대지 않으며
그 사람 만나 그 사람과 함께 산 삶을 그렸다

가난하기만 했던 식민지 백성으로
오로지 살기 위해 일본으로 건너와
온갖 차별과 학대를 가까스로 이겨내며
아들 딸과 손자 낳고 살고 있는데

그 땅에 태어났으면서도
국민으로 인정받지 못하는 부조리,
아무리 기를 써도 어찌 해볼 수 없는
거대한 벽 앞에 파친코만이 유일한 생업,
야쿠자는 악의 세력이지만
철저한 차별에 의해 출구가 막힌 자이니치들이
어쩔 수 없이 선택하도록 강요받는 현실,

담담한 눈물로 조용조용히 고발했다
영리함과 정신력과 유머러스함을 무기로
문맹과 사회적 천대를 불평하지 않고
삶을 헤쳐 나가는 잡초보다 강한 생명력,

그런 현실에서 그런 생명력으로 살아 온
수십 수백만의 삶을 보고 듣고 느낀 것을
부산 영도에서 시작된 훈과 양진의 딸
선자와 한수의 모자수, 선자와 이삭의 노아,
요셉과 경희의 파란만장으로 풀었다

줄거리와 이야기가 응집되고 견고해서
독자들이 읽는 즐거움에 푹 빠져드는

경험에 가슴 졸인 고개를 끄덕이고
스물아홉 언어로 번역돼 세계인에게
잊히고 뒤틀린 역사를 제대로 알게 했다

40년 넘게 영어로 말하고 쓰느라
한글을 거의 잊었지만 한국 이름을 고수하며
절반이 한국인임을 좋아하는 사람
동양과 서양 문화 양쪽을 접하는 특권이라며
미국인인 것도 사랑하는 그 사람 Korean-American,

무지함은 편견이고 편견은 오만이고
편견과 오만은 무뇌 인간을 만드는 죄악이라며
미국학원(American Hagwon)으로 한국인에게
교육의 역할과 가치를 탐구하는 여행에 나선
그 사람이 한글과 한국을 한 단계 끌어올렸다
고향을 잃었어도 진짜 고향을 일구었다

간호사에서 화가로 변신한 딸 둘 아들 둘 엄마

황경숙

벽은 사람이 만드는 것
아무리 힘들고 험한 곳이라도
뜻만 굳고 올바르게 세우면
뚫고 지나갈 수 있다

겉으로 보이는 높이와 깊이에
놀라 물러서지 않고
눈과 귀 뜨고 마음 활짝 열면
집채만한 범도 고양이로 바뀌는 법

지금까지 해 보지 않았던 일을
새로 시작한다는 것은
어렵고 엄두나지 않아도
몸으로 부딪치니 길이 사르르 열렸다

오십 줄에 미술학원에 가서
선 긋기부터 배우기 시작했을 땐
왜, 이 고생을 사서 할까라는
의심과 쑥스러움과 싸워야 했다

스스로를 믿는 것도 훈련이었다

하루는 의심과 또 하루는 쑥스러움과 싸우면서
이 길이 100세 시대에
나의 참 인생을 열어줄 것임을 믿었다

대학병원에서 간호사로 근무하다
딸 둘과 아들 둘을 낳아 기르느라
단절된 경력을 다시 이으려 해도
기다려주지 않는 야속한 시간을
내 것으로 만들려면 고비를 넘겨야 했다

간호사는 육체의 아픔을 달래주고
엄마는 북풍한설 몰아치는 허허벌판에
따듯한 보금자리를 만들어 주고
아내는 외자^{가子}가 **맘**껏 활동하도록
집안을 건강하고 행복하게 보살피던
첫 번 째 인생을 발판으로 삼아

상처받은 마음을 보듬어 주는
그림을 그리라는 소명을 받아들이는 게
무심하게 흐른 시간을 다시 붙잡아
두 번 째 인생을 가꾸는 일이었다

늦게 시작했다고
모든 게 뒤늦은 건 아니었고
잃었다고 여긴 시간이

모두 헛된 것은 아니었다

오래 했다고
앞선다는 보장도, 법칙도 없었고
경험을 바탕으로 빠르게 바뀌는 것들을
먼저 받아들이고 배우는 자세가 중요했다

태양 아래 아주 새로운 것은 없는 것처럼
간호사로 엄마로 아내로 살면서 쌓은 자산이
차곡차곡 창조창고에 보관돼 있다가
실타래처럼 하나하나 풀려 나왔다

불화佛畵로 화가의 삶을 열었고
수묵담채화로 중국 북경으로 진출한 뒤
조각으로 마음 근육을 단련시키고
한지 죽 문자추상으로 국전특선작가가 되어
주역과 천부경과 한국전통사상으로
나아가야 할 길을 밝게 얻었다

넘으면 슬그머니 찾아오는 고비를
수없이 넘으며, 고민은 작품으로
작품은 실력으로 이어졌다

대한민국미술대전 비구상 양화부문 특선
한류미술대전 서양화 최우수상

대한민국 현대여성미술대전 양화부문 대상
수원대석박사전 최우수작가상을 받았다

되돌아보면 아쉬움이 없진 않아도
그때 붓을 벗 삼아 고민을 달랜 일이
정말로 잘한 일이었다

격려 받던 두 딸이 어느 새 조언자가 되고
늘 어린 애로 여겼던 두 아들이 박수를 보내고
무뚝뚝한 외자가 소리 없이 지지해 주니
다스릴 건 오로지 내 마음,

창작의 길이 시작보다 어렵더라도
창조하는 일이 보통 삶보다 힘들다 해도
앞으로 넘어야 할 고비가 많다고 해도
벽을 받아들이고 넘어서는 길을 터득했으니
두려워하지 않고, 오늘도 붓을 잡는다

앞선 여성의 아픈 곳만 골라서 찾아다닌, 구도자를 닮은 홍찬선의 〈한국여성詩來〉가 지닌 여성사적 의미

김재원(여원뉴스 발행인, 시인)

2021년 365일을 통틀어, 대한민국 국민 가운데 가장 많은 글을 쓴 딱 한 사람의 이름을 대라면 나는 주저 없이 홍찬선을 호명할 것이다. 그냥 앉아서 많이만 쓴 것이 아니다. 그가 글을 쓰기 시작하는 첫 번째 순서는 남달리 출동준비부터가 요란하다는 사실이다.

그가 쓰는 글은 다른 작가나 시인이나 언론인이 쓰는 글과는 차별되리만큼 다르다. 시작부터 다르고 중간에는 더욱 다르고, 마지막엔 완전히 다르다. 홍찬선이, 자기가 쓰는 글에 책임을 다 하려고 노력하는 것은 이해하지만, 마치 방랑벽 있는 사람처럼, 아니면 현장을 보지 않으면 몸살 난다는 사람처럼 그는 현장 중심의 글쓰기에 열성적이다.

여기서 열성적이라고만 해가지고는 미흡하다고 느끼는 것은,

홍찬선의 글은 강원도에까지 달려가서 확인하고 쓴 글이나, 서울 시내 종로 5가 서울문리대 부근을 중심으로 쓴 글이나 현장감이 툭툭 살아나고 있다. 그런 점에선 그가 쓴 글에선, 긴 글이건, 짧은 글이건 동일한 체력의 소모와 지성知性의 개입이 뚜렷하게 돋보인다.

'여원뉴스'는 그에게 한국여성의 역사를 위임하고자 했다. 그가 인터넷신문 '여원뉴스'에 연재한 '한국여성 詩史'(2021년 출판), 바로 뒤를 이어 또 연재한 〈한국여성 詩來〉는 이 나라 과거를 살아온 여성의 역사를 시詩로 쓴다는, 글자 그대로 새로운 시도였다. 또 어떤 면에선 모험이기도 했다.

그러나 분명한 것은, 이러한 시도는 이 나라 여성들의 참모습을 찾으려는 도전. 약하게만 보이던 이 나라 여성들의 영혼 속에 내재된 꺾이지 않을 감성이나, 감추려 해도 돋보이는 능력을 찾아보려는 시도였다고 누가 말한다면, 거의 정답이다.

〈한국여성詩史〉는, 과거 암울한 시대에 빛을 불러오려 했던 선각자들의 일대기를 詩로 쓴 새로운 기획이었다. 그 위를 이어 계속 '여원뉴스'(http://www.yeowonnews.com/)에 연재된 〈한국여성詩來〉는, 미래 한국을 빛낼 여성들의 예고편이라 해도 좋을 만큼 인물선정이나, 그 여성들의 가치 발견을 위한 홍찬선 작가의 노력과 필치가 한 시대의 에포크를 이룰 만큼 돋보이는 수작秀作이었음을 자신 있게 증언한다.

〈한국여성詩史〉의 뒤를 이은 〈한국여성 詩來〉역시 2021년 대한민국 언론계나 문화계가 거둔 수확 중에 수작이었음을 자신 있게 증언할 수 있다. 여기서 필자가 '고백'과 '증언'이라고까지 강조하는 것은, 이런 종류의 글에서 그동안 많은 문인이나 저널리스트들이 역사의식이나 글의 책임감이라는 면에서 소홀하지 않았나 하는 서운함을 반증反證하려는 의도임도 고백한다.

홍찬선의 글 속에는, 시인과 저널리스트가 공존한다. 그럴 수밖에 없는 것이, 그는 문약文弱한 시인이 되기에는 애시당초 틀린 것이, 30여 년의 걸친 그의 기자 생활이, 현장감 없는 글은 글도 아니라는 비아냥이 섞이진 않았지만, 기자다운 현장감이 도처에서 살아있음을 독자들은 금방 눈치 챌 것이다

특히 지난 1년간 국내 여기저기를 가장 많이 다닌 한 사람을 들라면 이번에도 홍찬선의 이름을 부르는 것 외에 다른 방법이 없다. 그나마 코로나 덕분에 해외로 나가는 길이 막혀, 그의 '현장취재'가 국내에 머물었기에 다행이지, 아니었으면 〈한국여성 詩來〉에 세계지도 하나가 더 첨부될 뻔했다

혹자는 홍 작가에게 '왜 그렇게 액티브하게 극성을 떠느냐?'고 시비를 걸고 싶을지도 모른다. 그는 글을 쓰는 시작부터가 다르다. 그가 글을 쓰기 시작한다는 건, 우선 배낭을 꾸리고 KTX 나 고속버스 티켓을 예매하는 데서 시작된다. 게다

가 자기가 쓰는 글에 대한 충만한 책임감은, 시인으로서나 저 널리스트로서나, 만만치 않게 갖추어야 할 필수품임을 그는 강 조한다.

또한 그가 보여주는 이런 자세는, 극성이 아니라 글 쓰는 사 람의 멘탈이고 어떤 면에서는 기본동작에 속하는 것 아닌가 생 각된다. 특히 그가 글을 쓰기 전에 사전 준비를 위해 동분서주 하는 이유는, 30여년 가까이 그의 경력을 대표하고 있는 언론 인으로서의 경력 때문이라는 점은, 그의 이력서를 보지 않고도 알만한 팩트라 다시 한 번 강조하고 싶은 그의 일면이다.

자신이 쓰고자 하는 주인공 한 사람 한 사람의 연고지에 직 접 찾아가 그 숨결을 찾으려는 홍찬선의 열의와 현장 에스프리 는 앞으로 이런 글을 쓰려고 벼르는 이 땅의 많은 문사와 논객 들의 귀감이 될 것임을 믿는다

〈한국여성詩史〉가 기록된 역사에 영향을 끼친 여성들을 詩 로 호명한 서사시 분야라면, 그가 여원뉴스에 계속 집필한 바 있는 〈한국여성詩來〉는 생존해 있는, 영향력 있는 여성들을 불 러내어, 미래사에 남을만한 인물이 되어 달라는 간곡한 역사적 당부라고 보아도 말이 된다.

〈한국여성詩來〉에 홍찬선이 등장시킨 인물만 보아도 이 나 라 미래의 여성사女性史가 손에 잡힐 듯이 보인다.

*일본군 위안부 배상책임 최초로 인정받은 김문숙 회장
*라인강의 하늘을 난 새가 된 파독 간호사 민병재
*첫사랑 실패 딛고 세계적 프리마돈나 된 조수미
*국민 육아 대통령 오은영 아동심리치료 전문의
*여자 피겨 사상 첫 올포디움 달성한 피겨여왕 김연아

　그동안 '여원뉴스'에 연재된 〈한국여성詩來〉에 게재된 인물들만 보아도, 홍찬선의 역사의식이 뚜렷하게 들어난다. 이제 우리나라 역사는, 이 나라 여성의 역사는, 이 인물들, 홍찬선이 호출하여 언급한 이 인물들, 〈한국여성詩來〉에 등장한 이 인물들이 주인이 되어 엮여질 것임을 우리가 이미 예감한다. 그 주인공들과 한국 역사와, 홍찬선에게 충만한 축복 있기를….

　　　　　2022. 정초에
　　　　　김재원*

　　　　*인터넷 신문 '여원뉴스' 시니어 기자 겸 회장

이윤숙 충남 서천에서 태어나 이화여대 정외과를 졸업했다. 주역周易에 정통한 야산也山 이달(李達. 1889~1958) 선사의 학맥을 이은 (사)동방문화진흥회에서 주역을 배우며 사무국장과 부회장을 역임했다. 현재「한자와 유학경전연구소」대표. 주역에 근거해 유학경전을 풀이하는 「가원家苑 유학경전 역해易解 총서」 강의와 집필을 통해 공자의 원시原始 유학사상을 복원하는 데 진심을 기울이고 있다. 강의 내용은 포털사이트 '다음'의 〈경연학당 카페〉에 소개하고 있다. 저서에 『논어 易解 1, 2, 3』 『왜 주역이고 공자인가』 『휴비담론(休否談論)』 『왜 한자이고 유학경전인가』 『맹자 易解』 『시경 강해』 『왜 한문 인문학인가』 『천자문대관 총서5권』 『한국사회 대관』 등 다수.

조미연 광주광역시에서 태어났다. 서울 휘경여고와 성균관대 법학과를 졸업했다. 1995년 37회 사법시험에 합격, 1998년부터 광주지법에서 판사생활을 시작했다. 수원지법 서울중앙지법 서울가정법원 서울고법 등을 거쳐 2018년부터 서울행정법원4부 부장판사를 맡았다. 2020년 12월 1일, 윤석열 검찰총장이 추미애 법무부장관을 상대로 낸 '직무정지집행정지 신청'을 인용하는 판결을 내렸다. 조 판사는 평소 한기택 판사(1959. 2.17~2005. 7. 24)를 존경한다고 밝혔다. 한 판사는 "(인사)평정권자에 대한 예속, 관료화의 심화 등의 우려를 어떻게 극복해야 할까요. 저는 우리가 포기함으로써 가능하다고 생각합니다. 저는 내가 뭐가 되겠다는 생각을 버리는 순간, 진정한 판사로서의 나의 삶이 시작될 것으로 믿습니다. 내가 목숨 걸고 악착같이 붙들어야 할 것은 '그 무엇'이 아니라 법정에 있고, 기록에 있는 다른 무엇이라고 생각합니다.(2005년 2월. 고등법원 부장판사로 승진하며)"라는 신념을 실천해 후배들의 존경을 받고 있다. 한 판사는 서울대 법학과를 졸업한 뒤, 대전고등법원 부장판사로 재직 중 심장마비로 사망했다. 슬하에 1남 2녀를 두었다.

석지영 서울에서 출생, 여섯 살 때 미국으로 이민. 미국 이름은 Jeannie Suk Gersen. 예일대학교에서 문학을 전공한(1995년 졸업) 뒤 영국 옥스퍼드대학교에서 박사학위를 받았다. 2002년에 하버드대학교 로스쿨에서 법학박사를 받고 2006년에 하버드 로스쿨 조교수, 2010년에 종신교수가 됐다. 동양계 여성으로는 처음이었다. 석 교수는 2021년 2월초, 존 마크 램지어 교수가 일본군 위안부를 '자발적 매춘부'로 규정한 논문이 하버드대 학술지에 실릴 예정이라고 보도된 뒤, 램지어 교수의 논문에 대한 심층검증에 나섰다. 결국 램지어 교수로부터 "위안부의 매춘 계약서는 없으며 논문의 일부 사항은 실수"라는 인정을 받아냈다. 아들과 딸을 둔 두 아이 엄마인 석 교수는 아이들이 원하는 대로 자연스럽게 대하고 아이를 있는 그대로 보며 절대 비교하지 않으며 키운다. 언제나 자기가 하고 싶은 일은 스스로 결정하도록 하되, 그래도 뭔가 시작했으면 석 달 정도는 배워 재미를 느낄 정도까지는 돼야 한다는 설득한다.

장혜영 한국애니메이션고등학교 영상연출과를 졸업한 뒤 연세대학교 신문방송학과에 입학했다가 중퇴했다. 영화감독 작가 크리에이터 싱어송라이터 학생운동가 장애인운동가 여성운동가의 경력을 쌓았다. 21대 국회의원 선거에서 정의당 비례대표 2번으로 출마해 당선됐다. 발달장애를 가진 동생 장혜정과 함께 사는 이야기를 다룬 영화 『어른이 되면』을 만들었다. 2019년에 YWCA 한국여성지도자상 젊은지도자상과 한국장애인인권상을 받았다.

권경애 법무법인 해미르 소속 변호사. 서울에서 태어났다. 1983년 연세대 국문과에 입학해 12년 만인 1995년에 졸업했다. 입학한 뒤 가리봉동 전화기 부품공장에 취업했다가 위장취업이 드러나 쫓겨났고, 85년에 제적당했다. 대기업에서 3교대로 과자 포장하는 작업의 조장을 맡으면서 인간이 기계가 되는 경험을 했다. 김영삼 정부 때 재등록이 허용돼 학교로 돌아간 뒤 사법시험을 준비해 5년 만인 2001년에 합격했다. 2005년부터 참여연대에, 2006년부터 '민주사회를 위한 변호사 모임(민변)'에 가입했으나 '조국사태'가 번지면서 모두 탈퇴했다. 2019년 9월 9일에 문재인 정부에 대한 믿음이 완전히 깨졌다. 법무부가 윤석열 총장의 지휘를 배제한 조국 전장관 수사팀을 제안했다는 소식이 알려진 날이다. 그때부터 문재인 정부에 대한 비판적인 글을 써오고 있다.

김문숙 경북에서 태어나 경북여고와 이화여대 약학과를 졸업했다.

1948년 진주여고 교사를 지내며 여성의식교육에 힘썼다. 1965년에 아리랑관광여행사를 운영하면서 부산여성경제인협회장을 지냈다. 여행사를 운영하면서 일본군 위안부 문제를 접해, 1992년부터 1998년까지 23번에 걸친 시모노세키(下關)재판을 이끌며 1인당 30만엔을 배상하라는 위안부배상판결을 받아냈다. 하지만 일본 정부의 항소로 최종심에선 패소했다. 이 활동을 영화한 것이 2018년 6월 27일에 개봉된『허스토리』이다. 2004년에 사비로 부산 수영동에 '민족과 여성 역사관'을 설립했다. 김 이사장은 평생 숙원이었던 일본 정부의 공식적인 사과를 듣지 못하고 2021년 10월29일 노환으로 별세했다. 향년 95세.

배은주 한 살 때 열병으로 인한 소아마비를 앓아 하반신이 마비됐다. 걸을 수 없어 학교에 다닐 수 없는 상황을 이겨내려고 집에서 독학으로 초중고 학력인정 검정고시에 합격했다. 대학에 입학하려고 시험을 치렀으나 면접에서 자유롭지 못한 신체조건에 걸려 낙방한 뒤, 여수애양병원에서 척추측만증 수술을 받았다. 퇴원한 뒤 작은 전자회사에 취직해 사회생활을 시작했고, 경차를 사서 운전하며 출퇴근했다. 어느 날 밤 자동차사고로 다시 입원해 1년여

동안 지독한 통증에 시달리며 누워 지냈다. 남자친구의 헌신적인 간호와 사랑으로 의학적으로 치료불가능하다는 판정을 받은 고통을 이겨내고 결혼해 두 딸을 낳았다. KBS 장애인가요제에 참가해 은상을 받고 나서 가수가 되었다. 〈네 바퀴의 꿈〉과 〈우리가 꿈꾸는 세상〉을 직접 작사해 노래를 불렀다. 실력은 있지만 가수로 인정받지 못한 몇몇 장애인 가수들과 함께 '한국장애인국제예술단'을 만들었다. 2007년 10월 12일부터 6개월 동안 KBS 제3라디오 저녁 7시 '소리로 보는 세상'이란 프로를 진행했다. 2021년 3월19일, 2년 임기의 제5대 한국장애인문화예술단체총연합회 회장에 취임했다.

오은영 서울에서 태어나 연세대 의학과와 석사를 졸업하고 고려대에서 의학박사학위를 땄다. SBS의 "우리 아이가 달라졌어요"와 채널A의 "요즘 육아 금쪽같은 내 새끼"에 출연해 육아에 대한 적절한 조언을 해서 인기를 끌고 있다. 32주 팔삭둥이 미숙아(1900g)로 태어나 많이 울고 편식과 말대꾸를 하는 까다로운 아이였다. 2008년에는 담낭에 암으로 의심되는 종양과 대장에 암이 발견돼 3개월 시한부 선고를 받았지만, 초기 대장암을 제거하고 담낭 종

양도 암이 아닌 것으로 판명돼 살 수 있었다. 상담비가 비싸다는 비판이 제기되기는 하나, 실제로 상담 받은 사람들은 힘들어 하는 아이들이 밝은 모습으로 돌아와 기쁘다는 반응을 보이고 있다.

인순이 본명은 김인순金仁順. 경기도 포천군 청산면 백의리에서 한국인 어머니와 주한미군 사이에서 출생했다. 아버지는 인순이가 아주 어렸을 때 무책임하게 떠나, 아버지 얼굴도 본 적이 없다고 한다. 12살 때 미국에 있는 아버지로부터 미국행을 제안 받았지만 혼자 남을 어머니를 생각해 거절했다. 연천의 청산중학교를 졸업했고, 가정 형편이 어려워 고등학교에 진학하지 못하고 가족 부양을 위해 가수가 되었다. 1978년 그룹 희자매의 〈실버들〉로 데뷔한 뒤 1980년 〈인연〉으로 솔로로 전향했다. 1994년 대학교수 박경배와 결혼했고, 이듬해 외동딸 세인을 낳았다. 2010년2월, 미국 카네기홀에서 한국 가수로는 처음으로 두 번째 공연을 했다. 조선일보에서 선정한 '시대별 여자 보컬리스트'에서 1980년대에 이선희에 이어 2위, 2000년대 3위로 뽑혔다. 헤럴드에서 선정한 한국에서 가장 노래 잘 부르는 가수에 조용필과 이승철에 이어 3위에 올랐다. 40여 년 동안 가수활

동을 하면서 팝 발라드 댄스 디스코 재즈 트로트 국악 락 등 모든 장르를 소화하는 최고의 가창력을 인정받고 있다. 대표곡으로 '밤이면 밤마다' '아버지' '거위의 꿈' '친구여' 등이 있다. '히트곡 없는 국민가수'라는 평이 있을 정도로 본인만의 히트곡이 적다. 1997년 국민훈장 목련장을, 2006년 여성신문사 주최의 미래여성지도자상을 받았다. 2013년에 다문화 가정과 아이들을 위한 대안학교, 해밀학교를 홍천군에 세웠다. 해밀은 비가 온 뒤에 맑게 갠 하늘을 뜻한다. 쉰아홉 살이던 2015년에 보디빌딩에 도전, 나바코리아에 참가해 스포츠 모델에서는 입상하지 못했지만, 퍼포먼스에서 2등을 차지했다.

윤희숙 서울에서 1남3녀 중 셋째로 태어나 정신여중과 영동여고, 서울대 경제학과를 졸업하고 석사학위를 받았다. 미국 컬럼비아 대학교에서 경제학 박사를 받고, KDI에 근무하며 재정복지정책연구부 부장으로 승진, 여자 박사 가운데 부장까지 승진한 몇 안 되는 사례를 만들었다. 21대 총선에서 서울 서초 갑구에 출마해 당선됐다. 2020년 7월말 국회 본회의 5분 자유발언 시간에 '저는 임차인입니다'로 시작하는 연설로 문재인 정부의 '임대차3법'을 비

판해 많은 공감을 받았다. 2020년 12월, 국회무제한 토론에서 12시간47분 동안 반대토론, 대한민국 헌정사상 가장 긴 필리버스터 기록을 남겼다. '2020 하반기 자랑스러운 서울대 동문상' 투표에서 31.76%$^{(672표)}$를 얻어 2위를 기록했다. 2021년 7월, "앙상한 이념으로 국민의 삶을 망치는 탈레반에게서 권력을 되찾겠다"며 20대 대통령 선거 출마를 선언했다. 하지만 부친 관련 부동산투기 의혹이 불거지자 8월26일 대선후보직과 국회의원직에서 사퇴한다고 밝혔다. 9월13일 국회본회의 표결에서 사퇴안이 찬성 188, 반대 23, 기권 12로 통과돼 의원직을 잃었다. 2021년 10월, 『시사저널』이 선정한 〈2021 차세대 리더 100인〉에 선정됐다.

윤여정 경기도 개성 출생. 1966년 연극배우로 연기를 시작한 뒤 그해 TBC 3기 공채 탤런트로 데뷔했다. 1971년 영화 『화녀』(감독 김기영)로 시체스 국제영화제, 청룡영화상 여우주연상과 대종상 신인여우상을 받았다. 1975년 가수 조영남과 결혼, 미국으로 이민가면서 은퇴했다가 1984년 귀국해 연기생활에 복귀했다. 2010년 영화 『하녀』로 부일영화상 청룡영화상 대종상 대한민국영화대상 아시안필름어워드 등에서 여우조연상 휩쓸었다. 데뷔 55주년을 맞는 2021년 정이삭(1978. 10. 19~) 감독의 『미나리』에서 미국으로 이주한 한인 가정의 할머니, 순자 연기로 2021년 아카데미 시상식에서 여우조연상을 받았다. 영화 『미나리』는 윤여정의 여우조연상 외에 작품상 감독상(정이삭) 남우주연상(스티븐 연) 각본상 음악상 등 6개 부분 후보에 올랐다. 2020년 『기생충』의 작품상 감독상(봉준호) 각본상 국제장편영화상 등 4관왕에 이어 큰 기대를 낳았으나 여우조연상 하나로 끝났다.

강수진 서울 출생. 리틀엔젤스예술단 출신으로 선화예술중·고등학교를 졸업했다. 선화예고 재학 때인 1981년12월, 모나코 왕립발레학교 마리카 베소브라소바 교장의 눈에 띄어 모나코로 유학을 떠나 3년간 배웠다. 1985년 아시아인으로서는 두 번 째로 로잔국제발레콩쿠르에서 그랑프리(1위)를 거머쥐었다. 1986년 아시아인 최초로 독일 슈트트가르트발레단 입단했다. 1999년에 무용계의 아카데미상이라 할 수 있는 '브누아 드 라 당스$^{Benois\ de\ la\ Dance}$'의 최고 여성무용수상을 한국인 최초로 받았다. 발레리나 김주원과 박세은, 발레리노 김기민 등이 그 뒤 이 상을 받았다. 1999년 10월엔 대한민국 보관문화훈장을 받았다. 2007년에 독일정부에서 아시아인 최초로 '캄머 탠처린(궁중무용가)상'(한국의 중요무형문화재에 해당)을 받았다. 2016년 7월22일 독일에서 슈트트가르트 발레단의 〈오네긴〉 공연을 끝으로 입단 30년 만에 현역에서 은퇴했다. 2014년부터 국립발레단 단장으로 활동하고 있다. 발레단 동료였던 터키인, 툰치 소크만과 2002년 결혼한 뒤, 남편도 국립발레단에서 객원코치로 활동하고 있다.

박세리 충남 대덕군 유성읍에서 박준철과 김정숙의 3녀 중 차녀로 태어났다. 대한민국 최고의 여자 골퍼로 LPGA(미국여자프로골프)에서 활약했다. 어렸을 때 육상을 하다 초등학교 6학년 때인 1989년, 아버지에 이끌려 골프를 시작했다. 새벽 2시까지 연습장에 혼자 남아, 쉬는 날 없이 훈련한 것으로 유명하다. 중학교 3학년 때인 1992년 KLPGA 대회인 '라일앤스코 여자오픈'에 초청받아 원재숙 프로와 연장전을 벌여우승해 골프계를 깜짝 놀라게 했다. 고3 때인 1995년에는 아마추어로 4승을 올렸다. 1996년 프로로 전향하고 이듬해, 미국으로 진출했다. IMF 외환위기가 한창이던 1998년, US여자오픈에서 우승해 국난극복에 심혈을 기울이

던 국민들에게 희망을 주었다. 특히 볼이 물웅덩이(워터해저드)에 걸리자 맨발로 물속으로 들어가 공을 치는 모습은 전 세계 사람들에게 진한 감동을 주었다. 당시 이 시합은 정규경기 72홀에 연장전 18홀 및 서든데스 2호를 합해 모두 92홀로 US여자오픈 역사상 전무후무하게 가장 긴 경기로 기록됐다. 당시 박세리의 상대는 아마추어로 출전한 무명의 태국계 미국인 제니 추아시리폰이었다. LPGA 첫해인 그해 4승을 기록, 신인상을 받았다. 2001년에 브리티시 여자오픈, 2002년에 LPGA 챔피언십에서 우승 최연소 메이저4승을 달성했다. 2000년대 중반까지 아니카 소렌스탐 및 캐리 웹과 함께 LPGA를 이끈 삼두마차로 활약, 2007년 6월에 'LPGA 명예의 전당'에 입회했다. 어깨 부상으로 2015년 이후 거의 출전하지 못했다 2016년에 리우데자네이루 올림픽에 여자선수 감독으로 출전해 우승을 이끌었다. LPGA 25승, 메이저 5승, 연장전 6전 6승의 대기록은 아직도 전설로 남아 있다. 하지만 전성기였던 1998년과 2001~2003년에도 상금랭킹 2위에 머물렀다. 당시 골프 여제로 통했던 소렌스탐에 밀렸기 때문이었다. 박세리를 보고 골프를 시작한 선수들을 '박세리 키즈'라고 부른다. 1998년 10살

안팎이던 박인비 신지애 최나연 김인경 이선화 김하늘 이보미 양희영 등이다.

이미자 서울 용산구 한남동에서 이점성과 유상례 사이에서 2남4녀 중 장녀로 태어났다. 두 살 때인 1943년 아버지가 일본에 징용으로 끌려간 뒤 어렵게 살았다. 4살 때 어머니가 외할머니 댁에 맡긴 뒤부터 계속 떨어져 살았다. 어렸을 때부터 노래에 관심이 많았고, 1957년 KBS의 〈노래의 꽃다발〉에서 1등, 1958년 HLKZ TV의 예능로터리에서 1위를 했다. 1959년, 당시 유명한 작곡가인 나화랑에게 스카웃 돼 〈열아홉 순정〉으로 데뷔했다. 1964년 영화주제가인 〈동백아가씨〉가 국내가요사상 처음으로 35주 동안 1위를 기록하고, 음반이 25만장이나 팔려 부와 명예를 거머쥐었다. 1965년 작곡가 박춘석을 만나 〈흑산도아가씨〉〈섬마을 선생님(1966)〉 〈기러기아빠〉 등을 히트시켰다. 영화주제가 〈엘레지의 여왕〉이 유행하면서 '엘레지(悲歌)의 여왕'이라는 애칭을 얻었다. 1960년대에 해마다 음반을 10여장씩 발표, 데뷔 10년만인 1969년에 〈1000곡 기념 리사이틀〉을 가졌다. 1995년에 화관문화훈장을 받았고, 2003년에 북한 초청으로 평양에 있는 동평양대극장에서 공연했다. 2019년 5월2일, 데뷔 60주년 공연을 하고 은퇴를 선언했지만, 공식은퇴는 아니라고 했다. 62년 동안 2500여곡을 불러 최다 최장 최고라는 '3최 가수'로 평가받고 있다.

석은옥 서울에서 출생. 숙명여대 영문학과 1학년 때 걸스카우트 봉사활동에 갔다가 시각장애를 겪고 있는 중학생 강영우를 만났다. 부모의 반대와 친구들의 걱정을 무릅쓰고 강영우와 결혼한 뒤 미국으로 유학을 떠났다. 미국에서 강영우(姜永祐, 1944. 1.6~2012. 2. 24)가 박사과정을 다니는 동안, 두 아들을 키우면서 남편의 뒷바라지에 전력을 기울였다. 석은옥은 퍼듀대에서 교육학 석사를 받고, 인디애나주 공립학교 종신교사로 28년 동안 근무했다. 미국의 인명사전인 『Who's Who of American Women』과 『Who's Who in American Education』에 이름이 올랐다. 저서에 『어둠을 비추는 한 쌍의 촛불』 『나는 그대의 지팡이, 그대는 나의 등대』 등이 있다. 강영우 박사는 2001년, 조지 부시 미국 대통령의 부름으로 국무부 국가장애위원회 정책분과위원장(차관보급)을 지냈다. 췌장암 투병 생활을 하던 2011년에 전 재산 25만달러를 국제로터리재단평화센터에 평화장학금으로 기부했다.

조수미 경상남도 창원시 동읍에서 출생. 어렸을 때 글을 배우기에 앞서 4살 때부터 피아노를 쳤을 정도로 음악 신동이었다. 초등학교 때부터 성악을 시작해, 선화예중고를 거쳐 서울대 음대 성악과에 1981년 수석 입학했다. 하지만 성적불량으로 제적당했다. 이탈리아의 산타 체칠리라 음악원에 유학, 5년 과정을 2년 만에 마치고 졸업하는 진기록을 기록했다. 1985년 나폴리콩쿠르에서 우승했고, 1986년 오페라 〈리골레토〉의 '질다' 역으로 데뷔했다. 2년 뒤 베르디 오페라 〈가면무도회〉에서 '오스카' 역으로 플라시도 도밍고와 함께 녹음했다. 1993년에 이탈리아 최고 소프라노에게 주는 황금기러기상을, 2008년에는 이탈리아인이 아닌 사람으로서 처음으로 국제푸치니상을 받았다. 2002년 유네스코에서 세계의 평화음악인으로 지정되어 세계평화 및 문화유산 보존을 위해 활동하고 있다. 2006년 파리에서 독창회가 있던 날, 아버지가 돌아가셔서 공연을 취소하고 귀국하려고 했을 때, "많은 사람들과의 약속을 지키는 게 너의 본분이고 노래를 해서 그 음악회를 아버지께 바치는 게 너의 본분"이라는 어머니의 말을 따라 독창회를 마쳤다. 앵콜 곡으로 〈나의 사랑하는 아버지〉와 〈그리운 금강산〉을 부른 뒤에도 관객들의 박수가 이어지자 "고국에서 아버지 장례식이 열리고 있다. 하늘에 계신 아버지께 노래를 바친다"며 슈베르트의 〈아베마리아〉를 눈물 흘리며 끝까지 불렀다. 앙드레 김은 조수미가 1988년, 첫 귀국독창회에서 초라한 드레스를 입은 것을 보고, 앞으로 계속 드레스를 만들어주겠다고 한 뒤 그가 죽을 때까지 200벌 이상의 드레스를 만들어 주었다. 2010년 앙드레 김이 사망했을 때, 해외에 머물던 조수미는 귀국해 빈소를 찾아 오랜 시간 머물렀다. 그는 2021년 11월, 한국인으로는 처음으로 '아시아 명예의 전당'에 헌액됐다.

민병재 박정희 정권 때 서독에서 차관을 들여오기 위해 한독근로자채용협정에 따라 1966년부터 1976년까지 서독에 파견한 간호사와 간호조무사 1만371명 가운데 한명으로 시인이 되어 독일에서 활동 중이다. 간호사에 앞서 1963년부터 1977년까지 파견된 광부는 8395명이었다. 이중 광부 65명(자살 4명 포함), 간호사 44명(자살 19명)이 근무나 자살 등으로 사망하는 고통을 겪었다. 당시 서독에서 차관을 제공할 때는 보증이 있어야 했는데 한국은 보증설 만한 게 없어 간호사와 광부가 받는 임금을 담보로 제공하는 조건으로 광부와 간호사 파견이 이뤄졌다. 상업차관 3000만 달러에 대한 담보라는 '어처구니없는 일'이었지만 당시 인력난을 겪던 서독과 구직난으로 힘들었던 한국의 이해관계가 맞는 조건이었을 것이다. 2014년에 개봉된 영화 『국제시장』에서 주인공 덕수(황정민 분)는 광부, 영자(김윤진 분)는 간호사였다. 파독 광부와 간호사는 외로움을 달래고 서로 도움을 주고받으려고 결혼하는 사례가 많았다. 독일에서 돌아온 광부와 간호사 가족이 사는 독일마을이 남해에 조성돼 있다.

백영심 제주도 조천읍 함덕에서 태어나 제주여고와 제주한라대학교 간호학과를 졸업했다. 고려대 의대 부속병원에서 근무하다 28세인 1990년 아프리카 케냐로 떠나 의료봉사활동을 시작했다. 그 뒤 말라위 치무왈라로 가서 유치원과 진료소를 세웠고, 2008년엔 릴롱궤에 대양누가병원을 설립했다. 2010년 갑상선암 진단을 받아 치료하면서도 대양간호대학을 개교했다. 그는 케냐와 말라위 등에서 시스터 백Sister Baek이라는 애칭으로 불린다. 2012년에 제2회 이태석상을, 2013년에 44회 나이팅게일 기장을, 2015년에 25회 호암사회봉사상을, 2020년에 제8회 성천상을 수상했다. 간호사로 성천상을 받은 것은 처음이다.

인병선 평남 용강에서 농업경제학자 인정식의 딸로 태어났다. 평양에서 보통국민학교와 중학교를 다니던 중 1.4후퇴 피난대열에 끼어 어머니와 단둘이서 제주도로 피난 왔다. 오현중학교 마당 천막학교에서 고등학교 2학년까지 다니다. 1953년 고3 때 서울 이화여고로 전학했다. 그해 겨울, 돈암동 네거리 고서점에서 점원으로 일하던 신동엽 시인을 만났다. 인병선은 이듬해 서울대 철학과에 입학했지만, 중퇴하고 1957년 결혼해 신동엽의 고향인 부여로 이사했다. 결혼한 지 13년 되던 해인 1969년 4월7일, 신동엽이 간암으로 귀천한 뒤, 출판사에서 번역 등을 하며 1남2녀를 키웠다. 아이들이 자라고 생활이 안정되자 짚풀에 대한 관심을 기울여, 한국과 세계 여러 나라의 짚풀 관련 자료를 모아 〈짚풀생활사박물관〉을 만들었다. 신동엽 시인의 집터와 관련 자료를 부여군에 기증해 〈신동엽문학관〉을 여는데 기여했다. 신동엽 시인의 생가 앞에 그가 쓴 시 〈생가生家〉가 걸려 있다.

강화자 충남 공주 출생. 공주사대부고와 숙명여대 성악과를 졸업한 뒤 1971년, 오페라 〈아이다〉

의 암네리스 공주역을 맡아 프리마돈나로 데뷔했다. 2년 뒤 미국 뉴욕 맨하탄 스쿨오브뮤직의 장학생으로 유학하며, 재학 중에 메트로폴리탄, 푸치니, 케네디 콩쿨 등에서 입상했다. 뉴욕링컨센터 메트로폴리탄박물관 에브리피셔홀, 캐나다 토론토, 모스크바 비엔나 프라하 등에서 연주회를 수백 회 개최했다. 1976년 국립오페라단의 오페라 〈일 트로바토레〉 초청과 1980년 오페라 〈삼손과 데릴라〉의 주역을 맡은 뒤 1981년, 연세대 음대 교수로 스카웃돼 19년 동안 후학 양성에 힘썼다. 1997년에 베세토오페라단을 창단해 24년 째 경영하고 있다. 2003년, 우크라이나 정부에서 문화훈장을 받았고, 2011년, 제4회 대한민국오페라대상을 수상했다. 2014년에 올해의 숙명인상을, 2019년 제1회 이탈리아 베니스 세계평화예술인상을 받았다.

김연아 경기도 부천에서 태어나 군포신흥초 도장중 수리고와 고려대 체육교육학과를 졸업했다. 2010년 밴쿠버올림픽에서 금메달, 2014년 소치올림픽에서 은메달을 딴 뒤 은퇴했다. 2012년 국민훈장 모란장과 2016년 체육훈장 청룡장을 받았다. 2018년 평창올림픽 홍보대사로 활약했고, 개막식 때 성화의 최후 주자로

서 성화대 바로 밑 은반에서 멋진 스케이팅 쇼를 보여줬다. 피겨여왕, 연느님이란 별명을 갖고 있다. 김연아는 한국에서 유일하게 올포디움all podium 기록을 갖고 있다. 올포디움이란 한 선수가 자신이 출전한 모든 대회에서 3위 이내에 들어 메달을 따는 것, 김연아는 선수생활 동안 38개 대회에 참가해 금메달 28개, 은메달 7개, 동메달 3개를 땄다. 김연아의 성공에는 가족의 전폭적인 지원과 희생이 있었다. 어머니인 박미희씨는 『아이의 재능에 꿈의 날개를 달아라』(서울: 폴라북스, 2008), 212~217쪽에서 "큰 딸이 노래에 재능이 있어서 음악전공을 희망했지만 두 딸을 모두 지원할 여유가 없었고 큰 딸이 음악으로 성공할지에 대한 자신이 없어 간호학과로 선택한 것에 대해 후회와 미안함이 있다"고 밝혔다.

최 정 7살 때 아버지를 통해 바둑을 시작했다. 초등학생 바둑대회를 평정하고 유창혁 9단의 문하생으로 들어갔다. 그 뒤 한국기원 연구생이 되었다가 14세인 2010년에 입단했다. 2016년 4월, LG배 통합예선에 여자로선 유일하게 통과했다. 2018년 1월23일 여자국수전에서 우승해 9단이 되었다. 박지은(2008) 조혜연(2010)에 이어 세 번째였다. 그해 9월, 삼성

화재배 32강 본선에서 중국의 스웨와 타오신란을 꺾고 16강에 올라 돌풍을 일으켰다. 다만 렌샤오에게 져 8강 진출이 좌절됐다. 2020년 여자 국수전에서 4연패, 여자 기성전 3연패를 달성했다.

에스메 콰르텟 2016년 10월1일, 독일에서 한국 여성으로만 창단한 현악4중주단. 에스메 콰르텟의 에스메Esme는 프랑스 말로 사랑받는다는 뜻이다. 바이올린 배원희, 첼로 허혜은, 비올라 김지원, 바이올린 하유나로 구성되어 있다. 창단한 그해 독일 쾰른대 콩쿠르에서 1위를 차지했다. 이들은 모두 금호영재단 출신이지만, 각자 독주자로 활동하다 쾰른에서 합쳤다. 2018년 4월, 세계 최고권위를 자랑하는 런던 위그모어홀 국제현악4중주 콩쿠르 결승에서 슈베르트의 〈현악4중주 15번 G장조 D.887〉을 연주해 한국인 처음으로 우승했다. 준결승에서는 베토벤의 〈현악4중주 8번 E단조 op.59-2〉를 연주해 베토벤 작품을 가장 잘 연주한 팀에게 주어지는 베토벤상도 함께 받았다. 위그모어홀은 1901년 5월31일 문을 연 이래 유명한 실내악 음악홀이다. 에스메 콰르텟은 2020년에 롯데콘서트홀의 상주 아티스트 제도인 '인 하우스 아티스트'로 처음 선정돼 2020년 11월23일과 2021년 5월11일, 16일 세 차례 연주했다.

김연경 경기도 안산에서 3녀 중 막내로 태어났다. 안산서초등학교 4학년 때부터 배구를 시작했다. 고등학교 3년 동안 키가 20cm 이상 자라며 3학년 때인 2005년11월, 국가대표로 발탁됐다. 2009년 5월, 일본의 JT마블러스에 진출, 조혜정에 이어 두 번째이자 국내 여자프로배구 출범 이후 첫 해외진출을 기록했다. 이후 터키의 페네르바흐체SK(2011~2017), 상하이 광밍 유베이(2017~2018), 엑사시바시 비트라(2018~2020) 등 해외에서 뛰었다. 2012년 런던올림픽에서 여자배구 최우수선수상(MVP)을 받았다. 이때 '김연경 룰'리 만들어졌다. 2010~2011년 시즌부터 다른 나라 리그로 임대된 선수가 시즌 도중 대한민국 리그로 돌아올 경우 잔여 경기 수의 25%만 뛰면 한 시즌을 뛴 것으로 간주하는 룰이다. 2020년에 11년만에 흥국생명으로 복귀, 코로나로 1년 연기된 도쿄올림픽에 세 번째 참가해 메달을 따겠다는 당찬 각오를 보여주었다. 아쉽게 메달을 따지 못하고 4위에 그쳤지만, 객관적 전력이 뒤지는 상황에서 4강 신화를 만들어 낸 뒤 국가대표에서 은퇴했다.

손열음 '열음'은 '열매를 맺음'을 줄인 말로 국어교사인 어머니가 지었다. 강원도 원주시에서 출생. 5살 때부터 피아노를 배우기 시작했다. 초등학교 5학년이던 1997년, '영Young 차이콥스키 국제 콩쿠르'에서 최연소 2위 입상했고, 이듬해 '금호영재콘서트' 첫 주자로 발탁됐다. 1999년 오벌렌 국제콩쿠르, 2000년 애틀링엔 국제콩쿠르, 2002년 베르첼리 비오티 국제콩쿠르에서 최연소 우승. 2011년 차이콥스키 국제콩쿠르에서 2위에 올랐다. 차이코프스키 국제콩쿠르sms 러시아의 대표적 작곡가인 표트르 차이코프스키(1840~1893)를 기리기 위해 1958년에 처음 개최돼 4년마다 열린다. 성악 바이올린 첼로 피아노 4부문으로 열린다. 한국 음악가로는 피아노에서 정명훈(1974년 3위) 백혜선(1994년 3위) 임동민(2005년 5위) 조정진(2011년 3위) 등이, 바이올린에서 윤소영(2007년 4위) 신지아(2007년 5위) 이지혜(2011년 3위) 김동현(2019년 3위) 등이, 성악에서 최현수(1990년 남자 1위) 박종민(2011년 남자 1위) 서선영(2011년 여자 1위) 김기훈(2019년 남자 2위) 등이 수상했다. 동아일보의 '한국을 빛낼 100인'에 3년 연속 선정돼 명예의 전당에 올랐다. 뉴욕필하모니 NHK심포니 서울시향 마린스키극장오케스트라 등과 협연하며 세계적 피아니스트로 활동하고 있다. 2018년(32세)에 제62회 페루치오 부조니 국제피아노콩쿠르 예선 심사위원장으로 위촉됐다. '30대 동양인 여성'을 선임한 첫 사례였다. 평창동계올림픽을 기념하기 위한 대관령음악제의 예술감독으로 일하고 있으며, 고향인 원주시와 예술의전당의 홍보대사로도 활동했다.

정희선 충북 제천에서 3남4녀 중 막내로 태어났다. 약대 3학년 때 국과수 소장의 강연을 듣고 국과수에서 일하기로 결심했다. 국립과학수사연구소에서 34년을 근무하며 국립과학수사연구원 초대원장을 역임했다. 1980년 초, 미국 연방수사국(FBI)와 로스앤젤레스경찰국(LAPD)에서 연수받은 뒤 귀국해 마약중독을 판별하는 실험에 착수했다. 국내 최고의 마약전문가로서, 유엔 마약범죄사무소(UNODC)로부터 국과수를 마약분석 기준실험실로 지정받는 성과를 냈다. 1980년대 말 영국으로 유학을 떠나 킹스칼리지에서 공부했다. 2000년부터 2007년까지 매년 한영법과학 심포지엄을 열어 한국의 과학수사 발전에 기여했다. 2014년에 영국여왕으로부터 '대영제국지휘관훈장'을 받았다. 2008년에 11대 국과수소장으로 취임한 뒤 원으로 승격하면서 초대원장이 됐다. 국제법과학회

60년 역사상 처음으로 여성회장이 됐고, 아시아인으로 최초이고 여성으로는 두 번 째로 국제법독성학회 학회장이 됐다. 2012년, 34년 동안 근무했던 국과수를 떠나 충남대학교 분석과학기술대학원장을 거쳐 현재 성균관대 과학수사학과 석좌교수이며 한국여성과학기술단체총연합회 회장이다.

김지연 부산 재송동에서 무남독녀로 태어나 재송초중학교와 부산디자인고 및 원광대를 졸업했다. 어렸을 때부터 운동을 좋아해 태권도 선수를 꿈꿨다. 입학한 중학교에 태권도부는 없고 펜싱부만 있어 칼을 잡았다. 처음엔 플뢰레로 시작했으나 고등학교 때 이수근 감독의 권유로 사브르로 바꿨다. 이신미 김금화 김혜림 등의 벽을 넘지 못하다. 22살이 되어서야 국가대표에 선발됐다. 언론에서는 미녀검객으로, 지인들과 동료 선수들은 킴치라는 별명으로 불린다. 그는 2012년 런던올림픽에서 대한민국 최초로 여자 펜싱 사브르 개인전에서 금메달을 땄다. 당시 그는 아테네와 베이징 올림픽에서 2연패 한 세계최강 마리엘 자구니스와 준결승에서 5대12로 밀리다 15대13으로 역전시키는 명승부를 펼쳤다. 그는 2020 도쿄올림픽에서 최수연 윤지수 서지연과 함께 사브르 단체전에서 동메달을 땄다.

김영기 경북 경산 출생. 고려대 물리학과에서 석사학위를 받은 뒤 1990년 미국 로체스터대학에서 박사학위를 취득했다. 로렌스 버클리국립연구소 연구원과 UC버클리 교수를 거쳐 2003년부터 현재까지 시카고대 물리학과 교수로 재직하고 있다. 2000년에 과학저널 『디스커버』가 뽑은 21세기 세계과학을 이끌 과학자 20명으로 선정됐고, 2005년에 호암과학상을 받았다. 2004년에 물리학에 큰 업적을 남긴 과학자에게 수여하는 미국물리학회 펠로로, 2008년에 시카고 비즈니스의 '주목할 여성'에 뽑혔다. 2006년부터 2013년까지 페르미 국립입자가속기 연구소 부소장으로 일했다.

최예진 태어날 때 산소공급이 원활하지 않아 뇌가 손상되면서 운동신경이 마비됐다(뇌병변장애1급). 고등학교 2학년 때인 2000년에 체육 선생님의 권유로 보치아를 시작했다. 첫 출전한 국내대회에서 국가대표를 이기며 보치아의 혜성으로 등장했다. 보치아는 뇌성마비 장애인을 위해 고안된 특수 경기로 동계올림픽의 컬링과 비슷하다. 개인전과 단체전이 있다. 12.6m×6m 크기의 경기장에서 6개의 파란색 빨간색

공으로 매회(엔드)마다 흰색 표적구에 가장 가까이 던진(굴린) 공에 대해 1점을 부가한다. 6회를 한 다음 점수를 합산해 많은 팀이 승리한다. 공을 던질(굴릴) 때는 파트너의 도움을 받아 마우스 스틱이나 홈통 등을 이용할 수 있다. 2012 런던패럴림픽 개인전에서 금메달을 딴 데 이어, 2016리우패럴림픽 개인전에서 은메달을 땄다. 2020 도쿄패럴림픽에서는 페어에만 출전해서 정호원 김한수와 함께 우승했다. 3개 대회 연속 메달을 목에 걸며 보치아 페어에서 9연패하는 데 중요한 역할을 했다. 최예진은 2020도쿄패럴림픽 개막식 때, 어머니 문우영 씨와 함께 한국선수단의 기수를 맡았다.

오 희 수학자. 예일대학교 아브라함 로빈슨 수학과 석좌교수. 서울대학교 수학과를 졸업(1992년)한 뒤 예일대학교에서 박사학위를 받았다(1997년). 프린스턴대학교 캘리포니아공과대학교(MIT) 브라운대학교 등의 교수를 거쳐 2013년에 예일대 종신교수가 됐다. 312년 예일대 역사상 첫 여성 종신교수이었다. 2015년에 최근 6년 동안 가장 훌륭한 연구실적을 낸 수학자에게 2년 마다 주는 새터상을 받았다. 2017년에 사이먼스펠로십과 구겐하임펠로십을 수상했으며 2018년에 호암과학상을 받았다.

2020년 12월9일에 한국인 처음으로, 3년 임기의 미국수학회 부회장으로 선출돼 2021년 2월1일부터 임기가 시작됐다.

김빛내리 전남 영광군 백수읍 장산리에서 1남4녀 중 막내로 태어났다. 서울대 미생물학과를 졸업하고, 영국 옥스퍼드대학교에서 생화학 박사학위를 취득했다. 2008년에 로레알-유네스코 세계여자과학자상을 받아 유력한 노벨상 후보로 거론되고 있다. 김빛내리 교수와 함께 이 상을 받은 엘리자베스 블랙번 교수와 아다 요나트 박사는 2009년에 각각 노벨 생리의학상과 화학상을 받았다. 김교수는 1998년 유명희(柳明嬉, 1954. 9. 5~) 한국과학기술원 박사에 이어 한국인으로 두 번째로 이 상을 수상했다. 그는 2009년에 호암상(의학부문)을, 2013년 대한민국 최고과학기술인상을 받았다. 2017년에는 여성 최초로 서울대학교 석좌교수에 임명됐다. 첫째를 낳고 1년 반 동안 전업주부를 했을 때 과학을 그만두고 사법고시를 보려고 했다가 과학으로 돌아왔다. 김 교수는 miRNA 생성경로를 밝힌 것으로 가장 잘 알려져 있다. 특히 2020년에 코비드19의 원인인 '사스코브2(SARS-CoV2)'의 RNA전사체를 세계최초로 분석해 공개했다. 이 공로로

라이나전성기재단에서 대상 및 생명존중상을 받았다. 2014년에는 미국국립과학원 외국인 회원으로 선정된 데 이어 2021년 5월 6일, 영국의 왕립학회 회원에 선임돼 한국인으로는 처음으로 두 학술원 회원이 됐다. 한국의 퀴리부인이란 별명이 있으며, 'RNA분야 제1인자'로 평가받는다.

신유빈 5살 때 '꼬마 현정화'로 TV에 출연할 정도로 탁구신동으로 이름을 날렸다. 2009년, 만 14세 11개월16일만에 국가대표에 선발돼 이에리사와 유남규 선수의 15세를 경신했다. 또 2021년 2월, 열일곱 살에 올림픽출전 선수로 선발돼 최연소 올림픽출전기록도 갈아치웠다. 지금까지 최연소 올림픽참가기록은 유승민(남자부)과 홍차옥(여자부)의 18세였다. 청명중학교를 졸업한 뒤 고등학교에 진학하지 않고 대한항공 탁구팀으로 갔다. 당분간 탁구에 집중한 뒤 공부는 나중에 하는 게 좋겠다는 가족회의 결정에 따른 것이다. 신유빈은 실업팀에서 받은 첫 월급을 기부하겠다는 약속을 했고, 2020년 7월13일에 그 약속을 이행했다. 이에리사와 현정화 등 탁구신동의 계보를 잇고 있는 신유빈이 올림픽과 세계선수권 대회에서 얼마나 좋은 성적을 낼 수 있을지가 관심을 끌고 있다.

박지혜 독일 마인츠에서 유전공학자 아버지와 바이올리니스트 어머니 사이에서 태어났다. 한글과 한국문화를 배우기 위해 초등학교 때 귀국해 전주에서 공부한 뒤 중학교 때 다시 독일로 가서 14세 때 마인츠대학의 입학허가를 받았다. 대학에 입학하려면 16세 이상이었던 학칙까지 개정하면서였다. 독일 총연방 청소년 콩쿠르에서 2번이나 1등을 차지했으며, 2003년부터 14년까지 독일정부로부터 국보급 바이올린인 '페트루스 과르니에리(1730년산)'를 무상으로 대여 받은 뒤 반납하고 2014년부터는 '1735년 산 과르니에리'를 평생 사용할 수 있도록 임대받았다. 2013년에 세계적인 강연 컨퍼런스인 'TED2013'에 한국인 최초로, 강사로 초청받아 강연한 뒤 'TED 최고의 7인 중 한 명'이란 평가를 받았다. 2011년에 대한민국을 빛낸 존경받는 한국인 대상을, 2014년에 대한민국 예술문화인대상(음악부문)을 받았다. 유네스코 한국위원회와 2018년 평창동계올림픽 홍보대사로 활동했다. 현재 연세대학교 겸임교수로 AI를 활용한 작곡과 연주를 시도하고 있다. 병원 교도소 나병환자격리소 등을 찾아다니며 위로와 치유 공연을 하면서, 클래식을 보다 쉽게 접근할 수 있는 활동을 계속하고 있다. 그는 2021년 6월 15일, 연세대학교 백주년기념관에서 열린 '박지혜 바이올린 리사이틀-포스트코로나, 다시 베토벤 250주년' 공연의 끝부분인 '베토벤에게 들려주고 싶은 이야기'를 연주하는 도중에 바이올린 현이 끊어졌으나, 당황하지 않고 현을 갈아 끼우고 나와 앵콜 곡까지 무사히 연주했다. 또 이 공연에서 '베토벤 바이올린 소나타 11번'을 세계에서 처음으로 연주해 관중들의 기립박수를 받았다. 그는 아이바이올리너i-Violiner라는 말을 만들었다. 아이폰이나 아이패드처럼 누구나 원할 때 쉽게 찾을 수 있고 또 위안과 기쁨을 줄 수 있는 연주자라는 뜻이다. 언제 어디서나 꼭 필요한 소금 같은 연주자가 되고 싶다는 꿈을 담아 직접 만든 말이다.

안 산 광주광역시 문흥동에서 태어났다. 안 산이란 이름은 언니 안 솔, 동생 안 결과 합쳐 '소나무 산의 바람결'이라는 뜻이다. 문산초 3학년 때 호기심으로 활을 잡고 쏜 화살이 10점 과녁에 맞았을 때 짜릿함으로 양궁에 빠져들었다. 광주체육중,고를 졸업하고 광주여대에 재학 중이다. 고2 때인 2018년에 양궁 여자국가대표팀에 선발돼 현재까지 유지하고 있다. 중3학년 때인 2016년 제42회 문화체육관광부장관기 전국남녀 양궁대회 여자 중등부에서 30m 40m 50m 60m 개인종합 단체전 6종목 전관왕을 차지하는 대기록을 사상 처음으로 세웠다. 고등학교 때 멍 때리고 앉아있는 일이 많아 선생님이 '멍산'이란 별명을 붙여줬다고 한다. 취미는 그림그리기. 170cm로 큰 키와 뛰어난 바람 궤도 계산 및 작은 실수에 연연하지 않는 산처럼 강한 정신력이 강점이다. 그는 2020 도쿄 올림픽 개인 랭킹라운드에서 680점으로 여자부문 1위를 차지했다. 양궁협회는 도쿄올림픽에서 처음으로 도입된 남녀혼성전에 '경험과 경륜'이 많은 선배들 대신 최고 기량을 보인 막내들을 내보내 사상 첫 혼성금메달을 따낸데 이어 여자 단체전 9연패를 기록했다. 안산은 여자 개인전에서도 금메달을 따 사상 첫 올림픽 양궁 3관왕을 기록했다. 안 산-김제덕은 네덜란드의 스테버 베이르-가브렐라 슬루서르에 맞서 첫 세트를 35-38로 내 준 뒤 37-36 36-33 39-39로 5-3 역전승했다. 한 세트에 남자 2발 여자 2발씩 쏘아 이기면 2점 무승부면 1점을 따, 5점을 먼저 얻는 팀이 승리한다.

최영아 이화여대 의대를 졸업하고, 내과전문의 자격증을 취득한

2001년부터 무료의료봉사활동을 하고 있다. 청량리 다일천사병원 의무원장으로 노숙인 의료봉사를 시작해, 영등포 요셉의원 의무원장, 서울역 다시서기의료진료소 원장, 마리아수녀원 도티기념병원 내과과장까지 17년 동안 무료봉사를 했다. 현재는 서울서북병원 내과의사로 재직 중이다. 서북병원은 서울시에서 운영하는 폐결핵 및 노인치매환자 전문병원, 1948년 10월에 설립됐으며 현재 은평구 역촌2동 산31-1에 있다. 그는 연세대에서 인문사회의학 석사를 받았고, 석사학위 논문을 보완해 『질병과 가난한 삶』이란 책을 출간했다. 2011년에 제9회 한국여성지도자상 특별상을 받았다. 2020년에는 제18회 '자랑스러운 이화인'에 선정됐고, 제12회 '서울시 하정(荷亭) 청백리상' 대상을 수상했다. 2021년에는 라이나전성기재단에서 라이나50+어워즈 사회공헌상(상금 1억원)을 받았다.

지소연 서울 이문초등학교에서 축구를 시작했다. 여자 축구부가 없어 남자 축구부에서 유일한 여자 선수로 뛰었다. 오주중 위례정보산업고 한양여대를 졸업했다. 2006년에 15세8개월의 나이로 국가대표에 선발돼 '역대 최연소 국가대표 선발' 기록을 가졌

다. 이 기록은 2009년 여자탁구 신유빈의 14세11개월로 경신됐다. 2006년 도하 아시안게임에서 대만과의 경기에서 두 골을 터뜨려 대한민국 축구역사상 가장 어린 나이에 A매치 골을 기록했다. 2018년 4월8일, AFC 여자아시안컵 조별1차전 호주전에 출천해서 한국여자축구 4번째로 센추리클럽에 가입했다. 2019년 10월6일, 미국 시카고 솔저 필드에서 미국 여자축구 국가대표팀과의 친선경기에서 전반34분 선제골을 넣으며 1-1 무승부를 기록했다. 2010년 12월 입단한 일본 INAC 고베 레오넷사를 거쳐 2014년 1월부터 첼시위민에서 뛰고 있다. 2015년 시즌에 잉글랜드 프로축구협회(PFA) 올해의 여자선수상, WSL(위민스 슈퍼 리그) 세미프로리그 선수들이 뽑는 올해의 선수상, 런던 여자선수상 등 3관왕을 휩쓸며 여자 축구계를 대표하는 선수로 활약하고 있다. 등번호는 10번, 포지션은 미드필더. 손흥민과 함께 잉글랜드 프로축구 리그의 2021시즌 베스트11에 선정됐다.

이자람 국립국악 중고등학교와 서울대 국악과를 졸업했다. 동 대학원에서 석사를 마치고 박사과정을 수료했다. 중요무형문화재 5호 판소리(춘향가 적벽가) 이수자로 1999년 10월에 춘향가 8시간을

최연소로 완창해 기네스북에 올랐다. 기존의 판소리를 부르는 데 그치지 않고, 현대감각에 맞게 창작해서 스스로 부름으로써 '이자람 신드롬'을 만들어 내고 있다. 2004년에 아마도이자람밴드를 결성해 활동하고 있다. 이자람이 보컬, 기타는 이민기, 베이스는 김정민, 드럼은 김온유가 맡고 있다. 뮤지컬에도 참여해 2010년부터 뮤지컬 〈서편제〉의 여주인공 '송화'역을 맡았다. 2014년 제8회 더뮤지컬어워즈에서 여우주연상을 받았다. 헤밍웨이의 소설 〈노인과 바다〉를 판소리로 만든 〈노인과 바다〉는 제6회 두산연강예술상을 받고, 2019년 두산아트센터에서 처음으로 공연됐다. 이후 여러 도시의 공연을 거쳐 2021년 9월28일에는 거제도의 거제문화예술회관 대극장에서 공연됐다.

이유나 직업군인이셨던 아버지의 근무지인 강원도 양구에서 태어난 뒤 수원에서 정착해 살았다. 다섯 살 때부터 춤을 배웠고, 어렸을 때부터 보자기를 들고 춤추는 것을 좋아했다. 세종대 무용학과를 졸업하고 숙명여자대학교에서 문화예술학 석사를, 국민대 문화예술학 박사과정을 수료했다. 고 정재만 스승님께 승무를 배워 국가무형문화재 제27호인 승무 이수자가 되었고, 현재 국가무형

문화재 제21호 승전무와 전남무형문화재 제18호 진도북놀이 전수자로 있다. 전국 선사무용경연대회에서 대상(문화관광부 장관상), 국제한국전통춤경연대회에서 금상을 받았다. 2010년 '문예운동'을 통해 시인으로 등단했다. 물맑은양평무용단 대표로 활동하다가 현재 부여 백제연무용단(출백단) 예술감독으로서 백제 춤을 되살리는 작업에 전념하고 있다.

이민진 서울에서 태어나 7살 때 부모를 따라 미국으로 이민, 브롱스 과학고등학교를 졸업했다. 예일대학에서 역사를 전공하면서, 픽션과 논픽션 글쓰기에서 수상했다. 조지타운대 로스쿨을 졸업한 뒤 로펌에서 변호사로 활동하다 건강으로 그만두고 본격적으로 글쓰기에 나섰다. 2007년 데뷔작 "백만장자를 위한 무료 음식"으로 성공했다. 일본계 미국인인 남편과 함께 4년 동안 일본에 살면서 '자이니치(在日: 재일한국인)'들과 인터뷰하면서 『파친코』를 완성했다. 『파친코』는 2017년 미국의 〈내셔널 북 어워드〉 최종 후보에 올랐다. 29개 국가에 번역돼 읽히고 있다. 『파친코』는 2020년에는 애플TV에서 8부작 드라마로 제작에 착수해 2022에는 드라마로 볼 수 있을 예정이다. 이민호가 고한수 역에, 윤여정이 선자 역에

캐스팅 돼 관심을 모으고 있다.

황경숙 충남 천안 출생. 천안서여
중과 천안여고, 서울대 간호학과
를 졸업했다. 서울대학교병원 수
술실과 호흡기계중환자실에서 근
무하다, 퇴직하고 딸 둘과 아들
둘을 낳아 키웠다. 100세 시대에
제2인생을 살기 위해 화가의 길
로 들어섰다. 화가 활동을 하면서
서울문화예술대학 아트앤디자인
학과를 졸업하고, 수원대 미술대
학원에서 조형예술학 석사학위를
받았다. 2015년 북경 주중한국문
화원에서 한중13인초대작가전을
비롯, 국제교류전에 12회 참여했
고, 2019년 안중근의거 110주년
초대작가영구기증특별전 등 그룹
전에 90여 회 참여했다. 2018년
KAFA대한민국국제미술축전 등
부스전에 8회 참여하고 개인전
을 세 번 열었다. 2022년 3월 2일
~8일, 서울 인사동 조형갤러리에
서 네 번째 개인전을 갖는다.

seestarbooks 021

홍찬선 제11시집

대한민국 여성은 힘이 세다

제1쇄 인쇄 2022. 2. 20
제1쇄 발행 2022. 2. 25

지은이 홍찬선
펴낸이 김상철
펴낸곳 스타북스

등록번호 제300-2006-00104호
주소 서울시 종로구 종로 19 르메이에르종로타운 B동 920호
전화 02-735-1312 팩스 02-735-5501
이메일 starbooks22@naver.com

ISBN 979-11-5795-631-9 03810